Die Autorin:

Karin Goller

Sie hatte nur einen Traum – ein Ziel – das Schreiben

Bibliographische Information der Deutschen Nationalbibliothek.

Die Deutsche Nationalbibliothek verzeichnet diese Publikation in der Deutschen Nationalbiographie, detaillierte bibliographische Daten sind im Internet über http://dnb-nb.de abrufbar

Herstellung und Verlag:

BoD - Books on Demand, Norderstedt

ISBN 978-3-7431-8951-5

Karin Goller

Wir machen`s heut mal kurz!

Kurz gesagt: Für alle ein Genuss!

Liebenswerte Kurzgeschichten

Fantasy

Neues aus der Krimiwelt

Liebenswerte Kurzgeschichten

Ein charmanter Lügner

Andrea schaute gedankenverloren in den grau verhangenen Himmel. Regentropfen perlten von der Ligusterhecke und die Rosenknospen nickten traurig mit ihren Köpfchen. Die schneeweißen Gardinen an der geöffneten Terrassentür bauschten sich wie ein Segel im Wind.

Automatisch griff Andrea zum Hörer des Telefons auf ihrem mit Schriftstücken übersäten Schreibtisch und wählte. Immer wieder versuchte sie Anschluss zu bekommen, doch das Telefon blieb stumm.

„Heute, ausgerechnet heute, streikt das Telefon", ärgerte sie sich. Schnell streifte sie einen weiten Pullover über ihr rotes T-Shirt, schlüpfte in ihre Stiefel und schon spurtete sie zu der einzigen Telefonzelle im Ort, am Fuße ihres kleinen Berges.

„Heute ist wohl nicht mein Tag", seufzte sie, denn die Zelle war besetzt. Missmutig und schlecht gelaunt wartete sie im Nieselregen. Im Nu war sie durchnässt. Ihre schwarzen Haare klebten wie eine Kappe um ihr schmales Gesicht.

„Hätte ich doch nur eine Schirm dabei", dachte sie seufzend.

Doch plötzlich! Was hörte sie da? Das Gemurmel aus der Telefonzelle wurde deutlicher. Hellwach vernahm sie Gesprächsfetzten; 30° C, strahlend blauer Himmel von morgens bis abends – und schon träumte sie von Palmen, azurblauem Ozean und einer Bootsfahrt bei Vollmond, von leiser Musik und der einschmeichelnden Stimme von Mario. Ihr letzter Urlaub. Wild, romantisch und aufregend!

Die Telefonzelle schloss nicht ganz, sodass die wohlklingende Stimme sie aus ihrem Tagtraum riss.

„Ich hatte Dir doch von Ala und dem Hai geschrieben", erklärte der junge Mann seinem Gesprächspartner gerade. „Ala hatte sich zu weit ins Meer gewagt und plötzlich war da der Hai. Starr vor Schreck bewegte er sich kaum und ließ sich von den Wellen ans Ufer tragen. Das war sein Glück. Der Hai verlor das Interesse und schwamm davon. Du hast keine Karte bekommen?"

Wohl auf eine Frage des Gesprächspartners, antwortete der Mann: „Wer will heute noch braun gebrannt sein, bei der Gefahr an Hautkrebs zu erkranken. Ich bleibe lieber im Schutz der strohgedeckten Sonnenschirme. Ein herrlicher Palmenpark umgibt das Clubhotel, selbst hier an der Telefonzelle steht eine. Ich glaube, es ist eine Dattelpalme. Du weißt doch, einmal im Jahr muss es sein", erklärte er geduldig seinem Gesprächspartner, „dann fahre ich ans Meer, ein kleiner Flirt, eine traumhafte Bootsfahrt bei Vollmond, nette Leute. Nein, es ist nicht so wie Du denkst. Einmal nur ausspannen."

Er lachte leise.

Andrea schaute dem Mann belustigt in die frechen Augen. Der drehte ja mächtig auf und erzählte seinem Gesprächspartner von einem Urlaub, den er wohl geträumt hatte und der ihrem letzten Urlaub doch so sehr glich.

Verlegen drehte sich der jetzt um und sagte in den Hörer hinein: „Ich glaube, ich muss jetzt aufhören, es steht jemand vor der Tür. Tschüss!"

Die Tür der Telefonzelle schwang schwungvoll auf.

„Uff, das ging ja gerade noch einmal gut", lachte der junge, gutaussehende Mann Andrea an.

„Ich bitte um Entschuldigung, dass Sie so lange in diesem strömenden Regen ausharren mussten. Sie sehen wie eine Meerjungfrau aus. Darf ich Sie zu einer Tasse Kaffee einladen?"

Andrea willigte nach einem Blick in seine bittenden blauen Augen ein. Sie wollte diesen charmanten

Lügner näher kennen lernen. Ihr Telefongespräch? Im Augenblick nicht mehr wichtig.

Bei einer Tasse Cappuccino erzählte Marco, so stellte sich der junge Mann vor: „Einmal im Jahr erfinde ich einen Urlaub, schreibe Postkarten, die nie ankommen und erzähle von meinen Abenteuern, die ich, wie Sie ja gehört haben, sehr ausschmücke. Einmal im Jahr, Tage, die nur mir gehören. Nur meine Mutter kennt die Wahrheit."

Andrea lachte ihn mit blitzenden Augen an.

„Ich möchte Dich wiedersehen", bat Marco und sie verabredeten sich für den nächsten Abend.

„Ja", hauchte Andrea, denn sie fühlte sich in Marcos Nähe geborgen.

Wie er den Abend mit ihr wohl seinem Gesprächspartner beschreiben würde? Doch sie spürte auch genau, dieser Abend würde nur ihnen beiden gehören.

Algarve, Portugal
– ein unvergesslicher Urlaubstag

Das blaugrüne Meer vor mir, die Häuser am Hang, getrennt durch den feinen Sandstrand, so erwartete mich Portugal, die Algarve.

Leise plätscherten die Wellen. Die Schaumkronen verloren sich am Strand. Ich watete ins Meer und verschwand sogleich prustend in den Wellen. Die nächste Welle warf mich wieder zurück.

Dann ein kleiner Lauf durch den feinporigen Sand. Meine Schuhe in der Hand. Die Zehen bohrten sich ein, der Fuß verschwand.

Wieder zurück, schützte mich ein Sonnenschirm vor einem Sonnenbrand.

Die alten Häuser sahen wie Puzzleteile aus, übereinander am Hang angeordnet und wie fest geklebt. Zu meiner Linken, etwas im Dunst sich auflösend, standen neu hinzugekomme Hotels. Sie standen, wie auf den Fels gemeißelt. Grüne Bäume, purpurn leuchtende Sträucher begleiteten mich auf meinem Weg. Sie wuchsen wild an den Felsen. Über allem wölbte sich ein strahlend blauer Himmel.

Später würde ich ein Boot ins Wasser ziehen, um vom Meer aus noch einmal diesen herrlichen Ort zu genießen.

Die schöne Unbekannte und ihr Handy

Peter war spät dran. Die Premiere hatte bereits begonnen. Der Ordner ließ ihn erst nach der Pause in den Saal. Er hatte die Ouvertüre der Pianistin verpasst. In der Loge schaute er neugierig umher. Neben ihm saß eine rassige, schwarzhaarige Schönheit. Er versuchte sich auf die Musik zu konzentrieren. Doch woher kam plötzlich das laute Geräusch?

Die schöne Unbekannte kramte hektisch in ihrem Abendtäschchen und versuchte vergeblich ihr Handy abzustellen. Sie hastete zur Tür, von bösen Zischlauten der Zuschauer begleitet.

Peter sah die schöne Unbekannte sofort, als er aus der Loge trat. Sie saß an der Sektbar, als sei nichts geschehen. Nur an dem leicht geröteten Gesicht, erkannte er, dass sie keineswegs so ruhig war.

Lächelnd trat Peter auf sie zu. „Alles in Ordnung?"

„Ja", hauchte sie. Schnell waren sie in ein angeregtes Gespräch vertieft.

Da kam mit schnellen Schritten ein korpulenter Mann auf sie zu. Die Zornesfalten auf seiner Stirn verrieten nichts Gutes.

„Zuerst kommst Du zu spät, und dann klingelt auch noch Dein Handy. Ständig blamierst Du mich."

„Mein Verlobter", so stellte sie unbehaglich den Mann vor.

„Sprechen Sie von dem klingend Handy? Eine unmögliche Person, nicht wahr? Das war ein paar Reihen vor uns", mischte sich jetzt Peter ein.

Beide schauten ihn irritiert an.

Der Fremde sprach: „Ich hätte schwören können, dass es Amalies Handy war."

„Ausgeschlossen", widersprach Peter, „ich habe genau gesehen, wie sie es abgestellt hat, wir saßen in der hinteren Reihe."

Peter sah ihr tief in die Augen.

„Ja, wir haben uns geküsst. Hiermit löse ich die Verlobung", sagte Amalie. Sie sah ihn kühl an. Dann berührten ihre Lippen sacht Peters Lippen. Peter verschloss ihren Mund mit einem langen

Kuss. Als er sie nach einer Ewigkeit wieder frei gab, war der Fremde weg.

Schmunzelnd fragte Peter: „Was war das für ein wichtiger Anruf?"

„Nur meine Mutter, die sagte, ich solle auf jeden Fall in der Oper mein Handy ausschalten."

Er lachte. Sie zog ihn an sich und murmelte: „Küss mich noch einmal."

Peter wusste nicht, was er lieber getan hätte.

Er ließ sie gehen…. - das Ende einer Liebe?

Fast geräuschlos glitt der letzte Nachtzug aus der Halle. Der Bahnsteig war leer, bis auf einen einzelnen Mann. Er hatte sich eine Zigarette angezündet und starrte dem Zug nach, dessen rote Schlusslichter rasch kleiner wurden.

Er ließ sie gehen. Sie, die er liebte, wie sonst nichts auf der Welt. Mario bereute bereits ihren Streit. Aber er konnte, wie immer, nicht über seinen Schatten springen.

Mario, ein junger Politiker, hatte schon oft durch seine Vorträge im Parlament auf sich aufmerksam gemacht und ihm wurde eine große Karriere vorausgesagt.

Groß, schlank, blauäugig mit schwarzen Haaren, die einen großen Kontrast zu seiner gebräunten Haut bildeten, so war er der Schwarm aller Frauen.

Silvia dagegen trug ihre blonden langen Haare gern hochgesteckt. Ihre langen, schlanken Beine kamen in dem kurzen Rock sehr sexy zur Geltung. Ihre blauen Augen in dem schmalen Gesicht leuchteten und schauten die Fluggäste freundlich und interessiert an. Silvia war Stewardess beim SUN – Express und flog ständig hin und her. Auf einem dieser Flüge lernten Silvia und Mario sich kennen. Es war Liebe auf den ersten Blick. Mario blieb einige Tage in Antalya, und auch Silvia hatte ein paar Tage frei. Ein Kurzurlaub am Meer, das musste herrlich sein.

Es war der Anfang einer großen Liebe.

Tagsüber lagen sie in der Sonne und badeten im Meer. Die Nächte jedoch voller Leidenschaft und Glut. Sie bekamen nie genug voneinander.

„Ich liebe Dich", sagte Mario leise.

Er wusste, das ist die Frau, nach der er gesucht hatte. Sie lagen auf dem Bett, ihre Beine ineinander verschlungen. Silvia suchte seinen

Mund und küsste ihn zärtlich. Sofort regte sich auch bei Mario die Leidenschaft. So vergingen die schönen Urlaubstage leider viel zu schnell.

Beide waren sie viel unterwegs und konnten sich nur ab und zu sehen. Sie telefonierten täglich miteinander. schickten sich SMS. Drei Jahre waren sie schon ein Paar. Doch jetzt hatten sie eine Woche Urlaub. Mario besaß eine Villa am Starnberger See. Silvia liebte diesen Ort und freute sich auf die bevorstehenden Tage.

Sie wachte auf, öffnete noch ein wenig verschlafen ihre Augen. Die großen Flügeltüren waren weit geöffnet und so schaute sie auf den See. Leise plätscherten die Wellen und einige Segelboote glitten vorüber. Mario schlief noch. Er lächelte, als hätte er einen schönen Traum. Ihre Liebe, sie war noch stärker geworden. Silvia kuschelte sich noch einmal an ihn. Er wachte von der Berührung auf und nahm sie zärtlich in die Arme.

Ja, das war sie, die Frau, die er liebte und begehrte. Er richtete ein Frühstück und brachte es ans Bett. Schmunzelnd erwartete Silvia ihn.

„Ich liebe Dich", erklärte Mario, „ich möchte Dich nicht mehr gehen lassen."

Er öffnete eine Flasche Champagner, ließ den Korken übermütig knallen.

„Auf uns!"

Silvia zog Mario wieder ins Bett.

„Ich muss Dir etwas sagen. Ich bin schwanger. Wir werden ein Baby bekommen."

Doch Maria fragte entsetzt: „Ein Baby? Gerade jetzt? Was wird aus meiner Karriere?"

Nur daran konnte er jetzt denken. Er sah nicht wie tief er Silvia verletzte. Langsam löste sie sich aus seinen Armen, schaute ihn nur an und konnte es nicht fassen. War das Mario, der Mann mit dem sie eine Zukunft plante?

„Du denkst jetzt an Deine Karriere? Die ist Dir jetzt wichtiger? Wichtiger als unsere kleine Familie?"

Sie stand auf, zog sich an und packte ihre Sachen.

„Wo willst Du hin?", fragte Mario.

„Ich werde zu meinen Eltern fahren", erwiderte sie. Nur mühsam konnte sie ihre Tränen zurück halten. Mario wollte sie nicht gehen lassen. Sie redeten und diskutierten und kamen doch zu keinem Ergebnis.

Mario fadenscheinig: „Wie stellst Du Dir das vor? Ich stehe am Anfang meiner Karriere. Du fliegst von einem Land ins andere. Wir können uns jetzt kein Kind leisten."

Leise erwiderte Silvia: „Wir planen doch eine gemeinsame Zukunft. Hat da ein Kind keinen Platz?"

Doch Mario hatte Angst, Angst vor der Verantwortung.

So bat Silvia ihn: „Bring mich bitte zum Bahnhof." Sie wollte fort, nur fort. Sie fühlte sich allein gelassen.

Der Mann, den sie liebte, wollte keine Zukunft mit ihr und dem Baby. Hatte sie sich so getäuscht? Konnte es noch eine Zukunft geben? Abstand, das war es, was sie jetzt brachte und Zeit.

Mario stand verlassen auf dem Bahnsteig, in Gedanken versunken, rauchte eine Zigarette und starrte den roten Schlusslichtern hinterher, die rasch kleiner wurden.

Ein Baby? Sie wollten doch eine Familie gründen. Warum nicht gleich? Er sah ihre verletzten Augen und wie sie sich von ihm zurückzog. Natürlich freute er sich. Dann ihre Tränen. Sie versuchte, sie vor ihm zu verbergen. Es brach ihm fast das Herz.

„Silvia, ich liebe Dich und werde Dich wieder zurückholen", stammelte er zusammenhangslos vor sich hin.

Auf dem Bahnhof ihrer Heimatstadt öffneten sich gerade die Türen des Zuges. Silvia sah sein schuldbewusstes Gesicht, blickte in seine strahlenden Augen und wusste, es war alles nur ein schrecklicher Traum.

Sie flog in seine Arme und beide sprachen leise: „Ich liebe Dich! Nichts könnte uns jemals trennen!"

Eng umschlungen verließen sie den Bahnhof.

„Nach Hause", wisperte Silvia und lehnte ihren Kopf vertrauensvoll an seine Schulter.

„Nach Hause", lachte auch Mario und fuhr vorsichtig den ganzen Weg zurück, der ihm vorher noch so endlos lang erschienen war.

Ich kann mich nicht erinnern…
der Maler und sein Modell

Unaufhaltsam kam der Wagen von der Fahrbahn ab, durchbrach das Gelände. Sekunden der Angst kamen auf Kristina zu. Sie war wie gelähmt, konnte den Wagen nicht lenken, da er auf den nassen Felsen hinunterrutschte. Dann umgab sie Finsternis.

Langsam öffnete Kristina die Augen. Sie fühlte die wärmenden Strahlen der Sonne auf ihrer Haut, hörte das Zwitschern der Vögel und das Rauschen des Meeres. Ihr war schwindelig. Schnell schloss sie wieder die Augen. Sie war aus dem Auto geschleudert worden und lag auf einem der Felsen.

„Sind Sie verletzt?", fragte eine angenehme Stimme.

Sie versuchte die Augen zu öffnen.

„Ja, ich glaube schon."

Ein großer, gutaussehender Mann stand neben ihr, und sie versuchte ihn anzulächeln.

Er stellte entsetzt fest: „Sie bluten ja. Ich heiße Ralf Berger und bringe Sie jetzt zu einem Arzt. Wie heißen Sie?"

Kristina schaute ihn mit ausdruckslosen Augen an, dachte angestrengt nach.

„Ich weiß es nicht", erklärte sie dann leise. „Ich kann mich nicht erinnern."

Beruhigend sprach Ralf auf sie ein. Er half ihr behutsam auf und führte sie zu seinem Wagen.

„Um Ihren Wagen kümmere ich mich später", versprach er.

Der Arzt untersuchte Kristina gründlich. Er stellte eine leichte Gehirnerschütterung fest. Doch auch ihm konnte sie nicht sagen, wer sie war, und woher sie kam.

„Ein paar Tage Ruhe, dann wird sich alles wieder normalisieren", sagte er tröstend.

Aber wo sollte sie hin? Ralf, würde er sie aufnehmen, einen Menschen ohne Gedächtnis? Er wartete draußen, wollte mit ihr zur Polizei gehen. Kristina wich aus. Ralf dachte anhand des Nummernschildes des Wagens würden sie herausfinden, woher sie kam.

„Du kannst bei mir wohnen."

Dankbar schaut sie ihn an.

„Ich werde Dich Eva nennen", lächelte er sie aufmunternd an.

Die Bilder. Sie stand wie angewurzelt, dann schaute sie sich neugierig um. In alle Ecken. Überall hingen und standen Bilder. Manche waren halbfertig, einige warteten auf den richtigen Rahmen. Der Tisch war übersät mit Farbtuben, Pinseln in alle Größen und sonstigen Utensilien.

Ralf musterte sie verstohlen.

„Du siehst sehr erschöpft aus", sagte er.

„Ja, ich würde gerne etwas schlafen", erwiderte sie.

Der Traum hatte etwas Nebelhaftes. Sie hörte das rauschende Meer, hielt die Augen geschlossen, um den Frieden zu genießen. Plötzlich schrie sie angstvoll auf. Ihre Augen waren weit geöffnet.

Ralf nahm sie in seine Arme, wiegte sie leicht hin und her.

„Du hast geträumt. Alles ist gut."

Beruhigt schlief sie wieder ein.

Sie schaute auf die Zeichnung in seinen Händen und errötete.

„Du bist sehr schön, ich möchte Dich draußen auf dem Felsen malen", bat er sie.

„Später", erklärte sie ausweichend. Dann nahm sie einen Zeichenblock und einen Kohlestift. Mit schnellen Strichen entstand der Umriss seines Kopfes. Ralf sah fasziniert zu.

„Du kannst fantastisch zeichnen. Wer bist Du?"

Kristina verzog nur schmerzlich ihr Gesicht. Sinnend trat sie aus dem Haus und schaute aufs Meer.

Näher tretend sagte Ralf: „Du kannst so lange bleiben, wie Du willst."

Er hatte sich bereits in die Unbekannte verliebt. Auch sie fühlte sich bei ihm geborgen und vermisste ihr vorheriges Leben nicht.

Kristina durchquerte die Galerie und stand auf einmal ihrem eigenen Porträt gegenüber.

Zärtlich schaute Ralf sie an.

„Ich habe mich in mein Modell verliebt."

Er nahm sie in die Arme und küsste sie leicht. Ein Schauer durchlief Kristina. Hier gehörte sie hin, das fühlte sie.

Plötzlich trat ein Mann auf sie zu. Er breitete die Arme aus.

„Kristina", rief er erfreut.

„Ich kenne Sie nicht. Was wollen Sie von mir?"

„Du erkennst Deinen eigenen Vater nicht?" fragte er bestürzt.

Ralf trat auf den Fremden zu.

„Sie hatte einen schweren Unfall und dabei ihr Gedächtnis verloren."

„Ich bin der Besitzer dieser Galerie und Kristina ist meine Tochter, die eigentlich einen Segeltörn machen wolle, dann aber war ihr Wagen verschwunden und sie auch. Ich habe sie überall suchen lassen. Auf dem von Ihnen gemalten Bild erkannte ich sie und auch ihre Aquarelle. Kristina ist eine begnadete Künstlerin. Kommen Sie, ich zeige Ihnen einige ihrer Arbeiten."

Er zog Ralf und Kristina in die nächste Halle.

Kristina ging langsam von einem Bild zum anderen. Tief versunken ließ sie die Bilder auf sich wirken. Fragend schaute sie immer wieder auf. Ihr Vater erklärte ihr geduldig die einzelnen Motive. Wie ein Blitz durchzuckte sie die Erkenntnis, alles schon einmal erlebt zu haben.

Ralf schaute erstaunt von einem zum anderen. Seine Eva, sie war die Tochter der größten Galerie und er nur ein kleiner, noch unbekannter Maler. Er zog sich unbemerkt zurück.

Mit Tränen in den Augen sah der Vater auf seine Tochter, die sich langsam wieder an alles erinnert.

Plötzlich blickte sich Kristina um. Wo war Ralf? Am Eingang holte sie ihn ein.

„Ralf bitte bleib, denn ich liebe Dich. Ich war so glücklich bei Dir. Zwischen uns ändert sich nichts."

Stumm nahm Ralf seine „Eva" in die Arme. Dann raunte er ihr zärtlich zu: „Meine schöne Ungekannte. Ich lasse Dich nie wieder los."

Ein unvergesslicher Nachmittag

Die Sonne schien vom wolkenlosen Himmel. Es war ein herrlicher Herbsttag. So entschloss ich mich zu einem Spaziergang auf unseren Hausberg.

Langsam stieg ich bergauf. Immer wieder blieb ich stehen, schaute zurück auf unser kleines Dorf. Die Fensterscheiben der Häuser blitzten in der Mittagssonne. Vom Kirchturm schlug es zwei Uhr. Kaum ein Mensch war zu sehen. Dann ging ich wieder ein Stück weiter, immer höher hinauf.

Der Wald umfing mich mit seiner Ruhe und seinem würzigen Duft. Die Vögel zwitscherten aus den bunt belaubten Bäumen. Ein Eichhörnchen flitzte im Zick zack über den Weg. Bevor es auf eine Tanne kletterte schaute es noch einmal zutraulich zu mir zurück. Dann war es verschwunden.

Immer weiter ging es bergauf. Da, schon wurde das Wanderheim sichtbar. Mein Ziel.

Das Wanderheim liegt in 844 Metern Höhe. Der Aussichtsturm ist zweiunddreißig Meter hoch. Drei Kilometer entfernt liegt unser kleines Dorf.

Hier oben hatten es sich bereits viele Wanderer gemütlich gemacht. Sie saßen um das Lagerfeuer, brieten eine Wurst am selbst gebastelten Weidenstock.

Freundlich wurde ich aufgefordert bei ihnen Platz zu nehmen. Ein Wanderer hielt mir eine gerade gegrillte Wurst hin. Lachend biss ich hinein.

Kaum waren alle gestärkt, so sangen wir ein Wanderlied nach dem anderen. Es wurde ein unvergesslicher Nachmittag und in prächtigster Stimmung trat ich den Heimweg an.

Dämmerung im Winter einer Stadt

Die Rüschengardine bewegte sich leicht. Die Holzscheite des Ofens knisterten leise.

Auf dem kleinen, runden Tischchen lagen ein paar Schokoladenkekse auf einem Teller mit Rosendekor. Der Duft von frisch aufgebrühtem Kaffee erfüllte mit seinem Aroma den Raum. Das Teelicht, das den Kaffee auf dem Stövchen warm hielt, verbreitete einen geheimnisvollen Schimmer. Die letzten Sonnenstrahlen verschwanden gerade hinter dem Wald auf der gegenüberliegenden Seite der Stadt.

Loni saß auf ihrem Lieblingsplatz im Erker. Sie verschwand fast in dem alten, abgewetzten Ohrensessel. Das putzige Eichhörnchen, das nachmittags im Garten verspielt den Nussbaum herauf und hinunter turnte, war verschwunden. Die Geräusche der fahrenden Autos, das Klingeln der Straßenbahn, all das hörte sie nur noch vereinzelt. Es drang kaum mehr zu ihr herauf. Langsam warf die Dämmerung einen dunklen Mantel über die Stadt. Zur linken Seite sah sie den Fernsehturm leuchten. Dort unten bewegten sich die Autos wie Glühwürmchen. Die ganze Stadt glitzerte wie in einem Lichtermeer. Immer wieder geriet ein Flugzeug in ihren Blick. Die Blinker neben den Tragflächen schienen in ihr Zimmer einsehen zu wollen. Loni ertappte sich dabei, wie sie zu rätseln begann; dieses Flugzeug erhielt im Augenblick keine Landeerlaubnis, denn es kreiste über der Stadt.

Sie träumte sich in ihren Türkeiurlaub. Strahlender Sonnenschein, wolkenloser Himmel, weißer Strand und ein blaugrünes Meer. Der erst Blick beim Anflug auf Antalya.

Plötzlich riss ein Bellen Loni aus ihrem Tagtraum. Bello, der kleine Mischlingswelpe ihres Nachbarn. Sie rückte näher an die Fensterscheibe.

Inzwischen hatte sich das Wetter verändert. Leise rieselten Schneeflocken auf die Erde. Die Dächer trugen schon weiße Kappen. Lächelnd beobachtete sie den kleinen Hund. Er versuchte die Schneeflocken mit seiner Schnauze zu erhaschen, doch immer wieder rutschte er mit seinen kleinen Pfoten aus und plumpste in den Neuschnee.

Kleine Eiskristalle bildeten sich am Fenster durch einen sich entwickelnden Schneesturm. Ihre Terrasse sah im Nu wie überzuckert aus, die Giebel der Nachbarhäuser wirkten wie Iglus. Licht drang nur noch verschwommen ins Zimmer.

Dunkel war es im Zimmer geworden. Die vorbeifahrenden Autos warfen ihren Schatten an die Rosentapete. Seufzend erhob sich Loni aus ihrem bequemen Ohrensessel und langte nach ihren Krücken. Nur mühsam konnte sie sich fortbewegen, doch es würde noch einige Zeit vergehen, bis sie sich von ihrem Sturz auf der Außentreppe erholt haben würde.

Heute konnte sie ihrem Mann wieder von ihren Erlebnissen erzählen.

Henry erlebt das Wunder einer späten Liebe

In einer Kleinstadt am Fuße der Schwäbischen Alb lebte Henry Feddersen. Henry, zweiundvierzig Jahre alt, war ein sympathischer Mann. Er war nicht besonders attraktiv, nicht groß, aber seine braunen Augen blickten offen in die Welt.

Sein Haus in der Lindenstraße zweiundzwanzig bewohnte er allein. Eingebettet in einem kleinen Garten lag es wie ein Kleinod. Weiße Gardinen grüßten hinter blitzblanken Scheiben und ein roter Weihnachtsstern schaute den Betrachter liebevoll an. An der Haustür standen in zwei Edelstahlvasen Buchsbäumchen. Der Rasen war kurz geschnitten.

Henry führte ein wohlgeordnetes Leben. Ein Tag glich dem anderen, denn er lebte nach der Uhr.

Jeden Morgen stand er um die gleiche Zeit auf, kam um die gleiche Zeit ins Büro, aß dort in der Kantine zu Mittag. Kam er des Abends nach Hause, aß er eine Kleinigkeit, räumte die Küche auf und schaltete den Fernseher ein. Pünktlich um dreiundzwanzig Uhr erlosch das Licht. Herr Feddersen ging zu Bett. Nichts und niemand konnte Henry bisher von seiner täglichen Routine abhalten.

An einem Donnerstag im November geschah das Unfassbare. Er verließ sein Büro pünktlich um halb sechs Uhr.

Nach einem kurzen: „Pünktlich, wie immer", vom Pförtner; ein kurzes: „Auf Wiedersehen", von Henry.

Nach drei Minuten Wartezeit an der nah gelegenen Haltestelle stieg Henry in den Bus der Linie sechzig. Der Fahrer Willy Otremba fuhr diese Strecke schon seit zehn Jahren. Er kannte fast alle seine Fahrgäste.

„Das ist ein Schmuddelwetter, aber so wird es wohl noch eine Weile bleiben, denn immerhin haben wir November", begrüßte der Fahrer seinen neuen Fahrgast.

„Ja, da werden wir uns wohl dran gewöhnen müssen", erwiderte Henry.

Er ging zu seinem gewohnten Sitzplatz. Doch bemerkte er mit Befremden, dass dieser bereits von einer Dame besetzt war. Nur widerstrebend setzt er sich ihr gegenüber. Wie gewohnt schaute er in seine Zeitung, doch immer wieder glitten seine Augen zu seinem Gegenüber.

Blonde Locken kringelten sich um das schmale Gesicht und die blauesten Augen, die er je gesehen hatte, blitzten ihn schelmisch an. Der rote Mund öffnete sich verführerisch.

„Sie kennen mich nicht! Ich heiße Marianne Mayer und arbeite seit drei Wochen als Sachbearbeiterin auf dem Finanzamt. Diesen Bus benutze ich täglich, da ich in der Nord-Allee wohne. Wir konnten uns noch nicht begegnen, da ich durch den Gebrauch der Gleitzeit unterschiedlich arbeite. Ich freue mich, dass wir uns endlich kennenlernen."

Auch Henry stellte sich vor.

„Henry Feddersen, Sachbearbeiter im Steuerrecht." Er lächelte freundlich zurück. Doch in diesem Augenblick rief Willy, der Busfahrer: „Goethe Straße."

Hier stieg Henry jeden Abend aus, um von dort über die Nord-Allee in die Lindenstraße zu seinem Haus zu gelangen.

Marianne verließ gleichzeitig mit Henry den Bus. Es regnete leicht. Sofort öffnete Henry seinen Regenschirm.

„Kommen Sie, ich begleite Sie nach Hause, damit Sie nicht pitschnass werden. Es ist für mich kein Umweg."

Zögernd, doch dankbar nahm Marianne an.

„Darf ich Sie dafür zu einer Tasse Tee einladen?", fragte sie.

Henry schaute zur Seite, direkt in diese strahlenden blauen Augen und sagte zu seiner eigenen Verwunderung: „Ja, gerne."

In dem gemütlichen Wohnzimmer nahm er staunend auf dem braunen Ledersofa Platz. Er, der sonst jeden Tag seinem gewohnten Rhythmus folgte, fühlte sich hier so wohl, wie schon lange nicht mehr. Weiße Christrosen standen in eine Glasvase auf dem Couchtisch. Blühende Kakteen erfüllten das Fensterbrett mit Leben. Lange, weiße Tüllgardinen umrahmten die Fenster. Marianne entschuldigte sich kurz und trat in die angrenzende Küche. Nach kurzer Zeit trug sie auf einem Tablett den Tee in einer bauchigen Glaskanne herein. Teegläser, Milch und Zucker, ein paar belegte Brote. Schnell war alles auf dem kleinen Glastisch angerichtet.

„Milch und Zucker?", fragte sie lächelnd, und auffordernd, „bitte greifen Sie zu."

Angeregt unterhielten sie sich, lachten über einige Anekdoten, die Henry erzählte. Wie im Flug verging die Zeit. Henry verabschiedete sich nur widerstrebend. Vergnügt pfiff er auf dem Heimweg vor sich hin.

Jeden Tag fuhren Marianne und Henry nun gemeinsam mit dem Bus der Linie sechzig ins Büro. Der Busfahrer Willy grüßte sie schmunzelnd, und der Pförtner sagte: „Frau Mayer kommt gleich", zu Herrn Feddersen.

Marianne und Henry aßen mittags zusammen in der Kantine. Für den Abend lud Henry sie zu einem Vorweihnachtskonzert ein. Am Wochenende gingen sie auf die Schwäbische Alb zum Wandern. Sie entdeckten viele Gemeinsamkeiten.

Das Weihnachtsfest näherte sich. Leise, fast schüchtern, fragte Henry:

„Marianne, wollen wir das Fest gemeinsam erleben?"

„Ja", erwiderte sie, „ich hatte schon Angst vor dem Alleinsein."

Sie schmückten die kleine Tanne vor dem Haus und die Lichter leuchteten mit ihren Augen um die Wette. Sie hatten sich ineinander verliebt. Glücklich schauten sie sich in die Augen. Henry nahm Marianne in die Arme. Langsam und behutsam tastete sich sein Mund vor. Sie schmiegte sich fest an ihn. Ein langer, inniger Kuss folgte. Sie wollten sich gar nicht mehr voneinander trennen.

Sylvester! Das neue Jahr. Was würde es ihnen bringen?

Marianne und Henry feierten mit Freunden den Beginn des neuen Jahres. Um Mitternacht, als die Turmuhr zwölf schlug und die Glocken das neue

Jahr einläuteten, flüsterte Henry an ihr Ohr: „Marianne, willst Du meine Frau werden? Du hast mich zu neuem Leben erweckt. Ich liebe Dich."

Marianne schaute mit ihren strahlenden blauen Augen zu ihm und bot ihm ihren Mund, diesen verführerischen Mund. Mit diesem Kuss besiegelten sie ihre Zukunft. Arm in Arm verfolgten sie das großartige Feuerwerk.

So veränderte sich das wohlgeordnete Leben des Henry Feddersen.

Ein herrlicher Sonntag im goldenen Oktober

Es war ein herrlicher Sonntag im goldenen Oktober. Leise verließ ich das Haus zu einem Spaziergang. Nach zwei schweren Operationen konnte mein Mann mich noch nicht begleiten.

Draußen empfing mich ein heftiger Windstoß und ich schlang meinem Schal ein wenig fester. Unterwegs winkten mir fröhlich einige Wanderer zu. Immer langsamer wurden meine Schritte, denn der Aufstieg war für mich doch sehr anstrengend.

Doch es lohnte sich. Ein herrliches Panorama , soweit das Auge reichte. Die Sonne malte glitzernde Punkte auf den Kirchturm in der Ferne. Die Fensterscheiben, der wie winzig erscheinenden kleinen Häuser, blitzten zu mir herüber. Langsam, wie Schnecken bewegten sich die Autos über das Viadukt. Sie erschienen mir wie Spielzeugautos.

Weiter lenkte ich meine Schritte durch die raschelnden Wiesen. Der Wind wehte die Blätter vor mir her. Schlehen- und Vogelbeerbäume säumten den Weg. Ein kleiner Spatz trällert munter sein Lied. Ich blieb vorsichtig stehen, um ihn nicht zu vertreiben. Plötzlich bewegte sich ein Maulwurfshügel. Dort, ein Stück weiter, lag ein ausgehöhlter Baumstamm. Am Tage lag er einsam und verlassen, wer würde ihn in der Nacht bevölkern? Vielleicht kleine Feldmäuse?

Mein Blick schweifte weiter umher. Auf der gegenüberliegenden Seite zog ein Pferd einen Einspänner über den holprigen Weg. Es wieherte lustig zu mir herüber.

Verborgen zwischen Gestrüpp stand eine alte, morsche Bank. Sie konnte sicher viel erzählen; vom Stelldichein junger Paare, von alten Frauen und Männern, die hier gerastet haben, weil ihre Füße sie nicht mehr weiter trugen. Entlocken wir der alten Bank nicht ihre kleinen Geheimnisse.

Radfahrer nutzten den schönen Oktobertag, um die friedliche Natur zu genießen.

Ein Auto fuhr an mir vorbei, hielt in einem Feldweg. Zuerst sah ich, wie ein Mann aus dem Auto stieg und sich auf seinen Stock stützte. Die Frau folgte ein wenig langsamer. Gemeinsam schlenderten sie davon.

Da, ein Zaun. Übermütig tollten die Pferde auf der Koppel herum, froh dem dunklen Stall entronnen zu sein.

Nochmals eine verwitterte Bank, von der Sonne ausgelaucht, vom Regen verwaschen. Sie sah wie von silberner Patina überzogen aus, lud mich zum Verweilen ein.

Erschöpft sank ich auf die Bank, legte meinen Kopf an die Lehne und schloss die Augen. Wärmende Sonnenstahlen trafen mich und ein leichter Wind blies mir meine langen Haare wie einen Fächer ins Gesicht. Vor meinem inneren Auge passierte ich nochmals den Weg, den ich zurückgelegt hatte. Eine bunte Welt hatte sich mir aufgetan; die Blätter, die leise rauschend zur Erde fielen, die wärmenden Sonnenstrahlen. Nur schwer trennte ich mich davon.

Auf dem Heimweg hörte ich helles Kinderlachen. Drüben auf dem Sportplatz ließen sie ihre Drachen steigen, rote, blaue, gelbe, so bunt wie das

Herbstlaub. Der Sternbergturm lockte zwischen Tannen und buntem Mischwald. Heute würde ich die andere Seite nicht mehr besuchen.

Vor den Häusern blühten die letzten Geranien, die Beete waren teilweise schon abgeerntet und umgegraben. Es war Herbst, doch diesen Sonntag im goldenen Oktober würde ich wohl nicht so schnell vergessen.

Eines Tages würde mich mein Mann sicher wieder begleiten. Ich würde ihm von diesem Spaziergang erzählen.

Ein vergnügter Theaterbesuch

Theodor bekam zum Geburtstag zwei Theaterkarten für ein Laientheater. Er beschloss, sich mit seiner Frau Eleonore einen vergnügten Abend zu gestalten.

„Was ziehe ich nur an?", fragte sie. „Blazer, Hose und Bluse sind wohl immer richtig", erklärte sie ihrem Mann.

Theodor stellte nicht so große Ansprüche an seine Kleidung.

„Jeans, Pullover, Lederjacke. Ja, so müsste es gehen."

Auf ihrer Fahrt ins Theater durchfuhren sie kleine, verträumte Orte. Die Bäume verfärbten sich schon, denn es wurde Herbst. Nach einer dreiviertel Stunde kamen sie an.

Das Theater lag über einer Pizzeria. Theodor holte an der Abendkasse seine zurückgelegten Karten.

„Trinken wir noch Glas Wein?", fragte Theodor, „wir haben noch etwas Zeit."

Eleonore beobachtete, wie die anderen Gäste ihre Getränke mit nach oben nahmen. So bat sie dann ihren Mann: „Nimm doch bitte unsere Gläser mit in den Saal."

Einige kleine runde Tische mit blauen Decken und gepolsterte Stühle erwarteten sie. Langsam füllte sich der nicht so große Raum.

Auf der Bühne konnten sie nur ein altes Plüschsofa erkennen. Die beiden Hauptdarsteller traten auf die Bühne. Sie begrüßten das Publikum.

„Einen schönen guten Abend, gnädige Frau", wünschten sie Leonore. „Wo kommen Sie her?" wurde sie gefragt.

„Aus Gomadingen", erwiderte sie.

„Dann wissen Sie auch sicher, dass ihr Ort von den Alemannen gegründet wurde?"

Leonore verneinte. „Das habe ich nicht gewusst."

Und schon waren sie mitten im Dialog.

„Die Alemannen haben den Limes gebaut", erklärte einer der Schauspieler. Sie nahmen auf dem Plüschsofa Platz.

„Sie gründeten verschiedene Orte, alle mit der Endsilbe –ingen, Hirrlingen, Gammertingen, Gomadingen", wurden sie aufgeklärt.

Dann ein schneller Wechsel - ein Sketch.

Der erste, Manfred fragte: „Wo ist der Hund?"

„Welcher Hund?" möchte Rudi gerne wissen.

Als Antwort bekam er ein paar Zeilen aus dem Gedicht vom

„Birnbaum, von Ribbeck auf Ribbeck"

zu hören.

„Was soll das?" Er war irritiert.

Überraschend fragte Manfred dann wieder: „Wo ist der Hund?"

„Der liegt da unten!", sagte Rudi, „vor dem Sofa."

„Wem gehört der Hund?" wollte Manfred wissen.

„Der Hund gehört mir."

Wieder entschlossen sich die Schauspieler zu einem schnellen Wechsel. Auf beiden Seiten der Bühne stand ein kleines Tischchen mit je einer Flasche Rotwein und einem Glas. Daraus stärkten sie sich jetzt erst einmal. Dann ein tiefer Seufzer.

„Ist der guuuut!" bemerkten sie zum Publikum gewandt. Genießerisch genehmigten sie sich noch ein zweites Glas. Aus heiterem Himmel wollte Manfred plötzlich wissen:

„Warum ist der Hund so dünn?"

„Das ist doch ganz einfach", erwiderte Rudi, „weil er nichts frisst."

„Und warum frisst er nicht?"

Kopfschütteln bei Rudi. „Weil er nicht bekommt, ist doch klar."

Sie genehmigten sich ein drittes Glas Rotwein und schwankten schon ein wenig.

„Kenner trinken Württemberger", klärten sie das Publikum auf.

Dieses schmunzelte und lachte auch herzlich über das Vortragen der Dialoge und applaudierte kräftig. Ein weiterer Schwenker.

„Warum bekommt er nichts?"

„Der Hund?", lallte Rudi, „weil wir selbst nichts haben, so, jetzt weißt du es."

Der arme Hund bekam nichts, doch die beiden leerten ihre Weinflasche.

Entweder alles oder Nichts! Wo blieb da die Gerechtigkeit?

Theodor und Eleonore fuhren entspannt nach Hause. Es war ein ungewöhnlich vergnügter Abend.

Das unverhoffte Erbe

Marianne und Peter lebten in einem Hochhaus in München und waren schon seit zwei Jahren ein Paar. Marianne war freie Dolmetscherin in einem großen Verlag und Peter dort als Modefotograf tätig. Ein intensives Zusammenleben konnte nicht möglich sein, da beide ständig unterwegs waren. So lebten sie sich immer weiter auseinander.

Eines Tages erhielt Marianne eine Vorladung von einem Notar.

„Nanu", wunderte sie sich, „was bedeutet das?".

Dann erfuhr sie, dass Tante Hilde aus Tirol gestorben sei.

Fragend schaute sie auf Peter. Der schaute nur kurz auf, interessierte sich aber nicht weiter für diese Mitteilung. Er war vertieft in seine Bilder, die er für die neue Modezeitung des Verlags sortierte.

Marianne wusste, sie hatte eine Tante in Tirol, zu der sie jedoch keinerlei Verbindung hatte. Es war eine Schwester ihrer Mutter. Doch die beiden waren schon lange zerstritten. Sie kannte den Grund nicht. Ihre Mutter sprach nie darüber. Die Eltern waren tot und jetzt war auch die Tante gestorben. Nun würde sie wohl nie den Grund der Entzweiung erfahren.

Der Notar teilte ihr mit: „Ihre Tante Hilde ist gestorben und hat Ihnen eine Hütte im Zillertal in achtzehnhundert Metern Höhe vererbt. Wie Sie ja sicher wissen, hatte ihre Tante außer Ihnen keinerlei Verwandte. Leider war sie in den letzten Jahren gesundheitlich nicht auf der Höhe und konnte nicht mehr so oft in ihre geliebten Berge." Verwundert schaute Marianne ihn an.

„Schauen Sie sich die Hütte erst einmal unverbindlich an, dann entscheiden Sie, ob Sie das Erbe annehmen werden."

Freundlich lächelte er sie an. „Wir werden dann einen neuen Termin vereinbaren."

Marianne fuhr verwirrt zu ihrer Wohnung zurück und erzählte Peter von dem unverhofften Erbe.

„Wir könnten am Wochenende ins Zillertal fahren und uns die Hütte anschauen. Komm doch bitte mit", bat sie ihn.

Peter erwiderte spöttisch: „Das wird so eine Bruchbude sein. Hattest Du nicht gesagt, Deine Tante sei ziemlich chaotisch?"

Er lehnte leicht verlegen ab.

„Ich habe einen wichtigen Termin, den ich nicht verschieben kann."

Marianne spürte schon seit längerer Zeit, dass Peter wohl ein Verhältnis mit seinem neuen Model Sybille unterhielt. Er hatte dauernd abends noch etwas vor und blieb auch immer öfter nachts fort.

„Wir werden uns trennen müssen", überlegte Marianne.

So beschloss sie, am Wochenende alleine ins Zillertal zu fahren. Sie packte ihren Rucksack, lud ihn in ihren kleinen roten Sportwagen und fuhr los.

Dieser Morgen war sonnig und klar. Sie konnte das Verdeck offen lassen. Ihre blonden Haare flatterten im Wind. Leise, zärtliche Musik erklang aus dem Radio. Unternehmungslustig sang sie mit. Ein kurzes Bedauern, dass Peter nicht mitfuhr, doch schon siegte ihre gute Laune. Was würde sie wohl erwarten?

Endlich hatte sie ihr Ziel erreicht. Sie parkte nahe bei dem Sessellift, denn nur so konnte sie auf die Hütte kommen, stellte sie fest. Ob es eine Straße hinauf gab, konnte sie nicht erkennen. Nach dem sonnigen und klaren Morgen schien jetzt die Sonne schon angenehm warm vom sonst wolkenlosen Himmel. Doch je höher sie hinauf kam, desto trüber wurde das Wetter. Von der Endstation waren es noch ein paar Meter zur Hütte. Sie keuchte weiter, den ausgetretenen Weg hinauf. Schaudernd schaute sie sich um. Graue Nebel hüllten sie ein. Den Weg kaum noch erkennend, erreichte sie außer Atem endlich die Hütte.

Doch, oh Schreck! Die Fensterläden hingen herunter, einige Bretter lösten sich, und die Tür ließ sich unheimlich schwer öffnen.

Innen sah es auch nicht einladender aus. Staub, wohin das Auge schaute. Sollte das ihr Erbe sein? Die Berge versteckten sich immer noch im Nebel. Unheimlich wirkte die ganze Szene. Es fror sie entsetzlich und sie legte die Arme eng um sich. Um sich ein wenig zu beruhigen und auch um sich aufzuwärmen.

Plötzlich wurde das Zimmer erhellt. Die Wolkendecke riss entzwei, die Sonne schien geradezu auf der glitzernden Alpenkulisse zu explodieren. Auf den Spitzen erkannte Marianne noch Schnee. Andächtig trat sie vor die Haustür. Ein atemberaubender Anblick bot sich ihr.

„Oh, wie schön", entfuhr es ihr unwillkürlich. Ihr Blick schweifte zu den umliegenden Bergen. Ein Stück vor der Hütte lag verträumt ein kleiner Bergsee. Sie wusste mit plötzlicher Sicherheit, sie würde das Erbe annehmen. Dieses Fleckchen Erde würde nun ihr gehören. Die Hütte konnte in Stand gesetzt werden. Ausgelassen tanzte sie vor der Hütte.

Eine angenehme Männerstimme riss sie aus ihrem Träumen.

„Hallo, kümmern Sie sich jetzt um die Hütte von Hilde?"

Langsam drehte sich Marianne um. Sie hatte niemanden kommen hören.

Vor ihr stand ein Mann wie aus einem Modemagazin. Braungebrannt, schwarzhaarig, mit Augen, die so blau erschienen, wie der See hinter ihm.

Neugierig betrachtete er sie.

„Hallo, ich bin Hannes, mir gehört da drüben der Sessellift. Bist Du die Nichte von Hilde?"

Er streckte die Hand in Richtung, aus der er gekommen war.

„Ja, ich heiße Marianne. Leider kannte ich meine Tante nicht persönlich. Ich habe ihre Hütte geerbt. Wie war denn meine Tante so in den letzten Jahren?"

„Möchtest Du, dass ich Feuer im Herd mache? Holz ist immer reichlich hier vorhanden und im Schrank wird sicher noch etwas Tee stehen. Dann kann ich Dir auch etwas über Hilde erzählen."

„Gerne", erwiderte Marianne.

Sie schaffte ein wenig Ordnung im Raum und entfernte so gut es ging, den Staub von Tisch und Stühlen. Schnell prasselte ein wohliges Feuer im Herd und der Tee dampfte in den Bechern. Bald schon waren sie mitten im Gespräch.

Marianne wollte alles über ihre Tante wissen. Sie fragte wieder: „Wie war sie denn? Ich weiß leider gar nichts von ihr. Meine Mutter sprach nie von ihr."

„Sie war eine erstaunliche Frau, etwas eigenwillig, aber sehr nett", so erzählte Hannes bereitwillig. „Wir haben oft hier gesessen und Tee getrunken. Von Dir hat sie viel gesprochen und bedauert, dass ihr nicht zusammenkommen konntet. Deine Mutter und sie liebten den gleichen Mann, Deinen Vater. Hilde lebte daraufhin nur für ihre Karriere. Wie Du sicherlich weißt, war sie Stewardess und flog viel in der Welt umher. Diese Hütte erbte sie selbst von einem alten Onkel. Hier schöpfte sie in den kurzen Pausen, die ihr zwischen den Flügen blieb, Kraft. Ihre Tür stand für alle offen, wenn sie da war. Viele Wanderer kamen hier vorbei und rasteten. Sie redeten mit Hilde, um dann mit einem guten Tipp von ihr weiter zu wandern. Sie kannte jeden Weg und alle mochten sie. Schade, dass Du sie nicht gekannt hast. Sie war wirklich eine bemerkenswerte Frau."

Nachdenklich erwiderte Marianne: „Jetzt verstehe ich den Grund ihres Streits. Schade, dass beide gestorben sind, ohne sich zu versöhnen. Wie müssen sie sich gehasst haben. Ich habe mich manches Mal gefragt, warum mein Vater so ruhig war. Er ging ganz in seiner Arbeit auf. Vielleicht um nicht nachdenken zu müssen? Oder wusste er am Ende gar nichts von dem Streit um seine Person?"

Angeregt unterhielten sich Marianne und Hannes. Sie verlebten einen gemütlichen Tag und es war als kannten sie sich schon lange.

„Ich helfe Dir bei den Reparaturarbeiten, wenn Du willst", bot sich Hannes an. Sein Blick versprach mehr als das.

„Danke", erwiderte Marianne, „ich komme wieder."

Mit der Gewissheit, Hannes bald wieder zu sehen, fuhr sie heim.

Zu Hause angekommen, erzählte sie Peter von ihrem Ausflug ins Zillertal, von der Hütte und das sie repariert werden müsse. Von Hannes sprach sie jedoch nicht.

Peter zeigte nicht sehr viel Verständnis. Er lehnte eine Beteiligung an den Reparaturarbeiten rigoros ab. Lapidar sagte er: „Für so etwas habe ich keine Zeit. Nimm das Erbe einfach nicht an."

Vor Mariannes Augen entstand das Bild vom Zillertal, von der traumhaften Lage der Hütte, von Hannes. Sie wusste mit Bestimmtheit, ihre Zukunft lag nicht bei Peter.

Am anderen Morgen rief sie den Notar an und vereinbarte erneut einen Termin.

„Wie war Ihr Eindruck und wie haben Sie sich entschieden?"

Aufmerksam und auch ein wenig neugierig, sah er sie an.

„Ich werde die Erbschaft antreten. Ich habe mich in die Hütte und den grandiosen Anblick der Bergwelt verliebt."

Sie wurde ein wenig rot bei der Aussage. Vor ihrem geistigen Auge sah sie Hannes.

Der Notar verstand, dass sie etwas sehr Schönes erlebt haben musste und schmunzelte leicht.

Er fuhr fort: „Ich gratuliere. Ihre Tante hat demjenigen, der die Hütte nimmt auch noch ein geräumiges, großes Anwesen am Fuße des Berges vererbt. Sie hat Sie wohl richtig eingeschätzt und wusste um Ihre Liebe zur Bergwelt, denn auch sie liebte die Berge, das Zillertal über alles."

„Ihre Villa hat sie mir auch vererbt? Die muss ja wunderschöne sein. Ich sah ein einziges Mal ein Bild davon, bevor meine Mutter es vor mir versteckte", sagte Marianne leise.

Marianne verspürte eine große Freude und bedauerte umso mehr, dass sie die Tante nicht näher kannte. Schnell waren die Formalitäten erledigt. Nun konnte sie sich sofort von Peter trennen.

Peter erwartete Marianne schon, so konnte sie ihm ihren Entschluss gleich mitteilen. Er nahm es gelassen auf, denn er liebte Sybille. Die Entscheidung war ihm abgenommen worden. Das war ihm Recht. Sie hatten sich nichts mehr zu sagen.

Arbeiten würde Marianne nun von ihrem neuen Zuhause aus. Schnell leitete sie die erforderlichen Schritte für ihren Umzug ein.

Marianne freute sich auf ihr neues Leben, in dem Peter nicht mehr wichtig war, auf die Villa in Tirol und ihre Hütte. Ob Hannes da wohl eine große Rolle spielte? Sie war sich sicher, sie hatte sich in ihn verliebt. Aber ging es ihm genauso?

Ein ehrfürchtiges Staunen erfüllte sie, als sie die Villa bezog. Der Garten mit den schönen alten Bäumen. Hohe Hecken grenzten das Grundstück ein und ein schmiedeeisernes Tor hielt allzu Neugierige fern. Die riesige Terrasse konnte durch eine, die ganze Wand umfassende Fensterfront betreten werden. Die Villa selbst war mit wertvollen Möbeln ausgestattet. Einen Raum würde sie mit ihren modernen Möbeln einrichten. Sonst würde sie nicht viel ändern. Sie fühlte sich sofort wohl.

Es führte eine schmale Autostraße zu der Hütte und so fuhr sie an jedem Wochenende in die Berge.

Hannes hielt Wort. Er reparierte, hämmerte und schon bald sah die alte Hütte wieder anheimelnd aus. Die Patina der Außenwände hatte er erhalten. Leuchtende Geranien zierten die Fensterbänke. Ein kleiner Vorgarten mit Alpenblumen und einigen Kräutern vervollständigte das wohnliche Heim. Zum Verweilen luden ein großer, ovaler Holztisch sowie eine Bank vor dem Haus ein. Der Winter hatte sich auf die höchsten Spitzen der umliegenden Berge zurückgezogen. Majestätisch grüßten die Schneeberge herüber. Grüne Wiesen mit bunten Blumen, soweit das Auge reichte. Der kleine Bergsee glitzerte wie Kristall. Wanderer hielten oft an und Marianne unterhielt sich gern mit ihnen. Dankbar dachte sie an ihre Tante, die ihr diesen Luxus erst ermöglichte.

Auch heute saßen Marianne und Hannes auf der Bank vor der Hütte. Eine blau weiße Karodecke lag auf dem Tisch. Vor ihnen standen Gläser mit einem guten Weißwein. Sie genossen einfach die Sonne, das Schweigen zwischen ihnen. Beide wussten ohne viele Worte, dass sie für immer zusammen gehörten.

Hannes räusperte sich. Heute würde er Marianne bitten, seine Frau zu werden. Er liebte sie vom ersten Augenblick. Und wusste doch nicht so recht, wie er anfangen sollte. Spontan brach es aus ihm heraus:

„Marianne, ich liebe Dich, willst Du meine Frau werden?"

Marianne wisperte: „Ja, ich will."

Zärtlich umfassten seine Arme ihre schmale Taille. Er schaute ihr liebevoll in die Augen und erkannte die gleiche Liebe in ihnen. Er suchte ihren Mund. Willig kam sie ihm entgegen und der Kuss nahm kein Ende. Eng umschlungen saßen sie auf der

Bank. Sie würden unten im Tal wohnen, fröhliches Kinderlachen sollte im Park erschallen.

Später am Abend löste sich eine Sternschnuppe. Ob Tante Hilde da wohl ein wenig nachgeholfen hatte?

Kann Stefanie das Schicksal beeinflussen?

Stefanie verliebte sich in einen Unbekannten. Mit einem coolen Auftritt wollte sie auf sich aufmerksam machen.

Stefanie parkte ihren kleinen Wagen direkt vor dem Kaffeehaus.

„Bitte einen Cappuccino und ein Rosinenbrötchen", bestellte sie bei der netten Verkäuferin und eilte zu einem Stehtisch. Sie seufzte tief auf. Es würde auch nichts nützen, wenn sie auf ihre Rosinenbrötchen verzichtete. Mit ihren dreißig Jahren war sie immer noch auf Partnersuche.

An den Nebentisch stellte sich jetzt ein sympathisch aussehender Mann. Ob er wohl auch Probleme dieser Art hatte? Sicher nicht.

Soeben biss er herzhaft in sein Rosinenbrötchen. Verstohlen sah sie ihn an. Er lächelte zu ihr herüber, denn er hatte ihren Blick bemerkt. Verlegen senkte sie ihre Augen auf die Platte des Stehtisches.

„Warum spricht er mich nicht einfach an?", ging es ihr durch den Sinn.

Sie schaute sinnend hinaus auf die Straße.

An der Kasse sagten dann beide, wie aus einem Munde: „Bitte bezahlen."

Zuvorkommend öffnete er ihr die Tür. Stefanie bedankte sich mit einem entzückenden Lächeln. Doch er blieb stumm. Aus den Augenwinkeln beobachtete sie, wie er am Kiosk eine Zeitschrift kaufte. Seufzend kramte sie den Autoschlüsse aus ihrer Tasche und ging gedankenverloren auf das Auto zu. Immer wieder schaute sie verstohlen zurück. So bemerkte sie auch nicht, dass sie vor einem fremden Auto stand. Sie schüttelte den Kopf. Der Schlüssel passte einfach nicht.

Der Mann kam auf sie zu.

„Geht die Tür nicht auf?", fragte er mit einem seltsamen Unterton in der Stimme. „Lassen Sie es mich einmal probieren."

Sie reichte ihm den Schlüssel. Er wendete ihr kurz den Rücken zu und schon war die Tür offen. Total verwirrt schaute Stefanie ihn an. Ihr Schlüssel passte zu diesem Auto, obwohl, wie sie jetzt erst entsetzt bemerkte, es sich nicht um ihr Auto handelte.

„Sie haben ein fremdes Auto aufgebrochen", stammelte sie.

„Wieso, ist dies nicht Ihr Wagen? Sie stehen doch davor."

Stefanie schaute sich um. Zwei Wagen der gleichen Marke und Farbe. Sie stand nicht vor ihrem Auto.

Lächelnd reichte ihr der Fremde ihren Schlüssel. Stefanie wurde mit einem Mal klar, es war sein Wagen, den er mit seinem Schlüssel öffnete.

„Ich finde, wir sollten herausfinden, ob wir noch weitere Übereinstimmungen haben", bemerkte er lächelnd.

„Das ist eine gute Idee." Strahlend schaute Stefanie ihn an.

Der sechszigste Geburtstag

In einem kleinen Park, umgeben von alten Kastanienbäumen, lag das weltbekannte Kur- und Therapiezentrum. Wie ein grünes Banner zog sich die Halbinsel Mettnau in den Untersee. Die bewaldete Spitze wurde als Naturschutzgebiet für die Vogelwelt reserviert.

Doktor Braun, ein kleiner, rundlicher Mann, mit lichtem Haar, war Leiter dieses Zentrums. Seine blauen Augen strahlten Vertrauen aus.

Ernst lag in seinem hochgestellten Bett in der Kurklinik. Durch die blitzblanken Scheiben konnte er in den Park schauen. Die Sonne schien heiß vom wolkenlosen Himmel und vom glitzernden See grüßten die Segel der Yachten. Kleine, freche Spatzen setzten sich auf das Balkongeländer, schauten neugierig ins Zimmer. Möwen stießen im Steilflug in die See, um sich dann von den Wellen wiegen zu lassen.

Schwester Isolde, eine große, hagere Frau, die nur für ihre Patienten lebte, betrat leise das Zimmer, doch Ernst war eingeschlafen und träumte…träumte von seinem sechzigsten Geburtstag.

Ernst lud seine Gäste in ein Fischrestaurant ein, irgendwo an einem Fluss. Sie wollten in seinen sechzigsten Geburtstag hinein feiern.

Die weißen Gardinen im Wintergarten bauschten sich leicht im Wind. Die Türen standen weit offen, sodass jeder einen herrlichen Blick auf den leicht dahin plätschernden Fluss werfen konnte. Einige, als Baldachin gespannte Fischernetze, in die verschiedene Muscheln eingewoben waren, begrenzten den Blick in den Himmel. Die untergehende Sonne verschwand rot glühend; am Nachthimmel schimmerte die Silberscheibe des Mondes. Der quakende Frosch auf der Speiskarte versprach ein göttliches Menü: Krabbensuppe, Forelle blau, Butterkartoffeln und ein als Frosch geformtes Eis. Getränke wurden nach Wahl gereicht.

Marco und Emily mit ihren Kindern Vanessa und Alexander, Kollegen und Kolleginnen waren gerne der Einladung gefolgt. Alle schauten fasziniert auf die bengalisch beleuchteten Boote, die lautlos über den Fluss glitten. Bunte Lampions streuten ihr flackerndes, warmes Licht über die Terrasse. Geräuschlos verließen Vanessa und Alexander die Terrasse, um am Strand Teelichter in Form einer Sechzig aufzustellen. Langsam ging es auf Mitternacht zu. Leise spielte die Musikbox einen langsamen Walzer. Verträumt nahm Ernst seine Frau Brigitte in den Arm.

„Unser Walzer! Wie lange ist das schon her?", fragte Ernst.

In diesem Augenblick wurde ein Teelicht nach dem anderen entzündet, bis die sechzig erkennbar war. Ernst war glücklich und sprachlos zugleich. Der Sekt perlte in den Gläsern und gemeinsam sangen sie:

„Happy Birthy, viel Glück!"

Doch plötzlich! Was war das? Um Ernst begann sich alles zu drehen. Er glitt langsam aus Brigittes Armen auf den Sandstrand.

„Einen Notarzt!", rief Brigitte entsetzt und schluchzte lauf auf. Sie öffnete den Kragen seines Hemdes, damit Ernst mehr Sauerstoff bekommen sollte. Kreislaufversagen? Dann ging alles sehr schnell. Ein Rettungshubschrauber. Er landete neben dem Bewusstlosen. Der Notarzt versorgte Ernst noch an Ort und Stelle, nahm ihn aber zur weiteren Behandlung mit in die nah gelegene Klinik. Jäh hatte die Geburtstagsparty ihr Ende gefunden. Die Gäste waren vom Schock wie gelähmt. Brigitte fuhr mit Marco und Emily und den Enkelkindern in die Klinik.

Dort war inzwischen alles für eine Notoperation vorbereitet. Doktor Brehm und Schwester Julia überwachten den Monitor, stellten Verengungen am Herzen fest. In der folgenden Operation wurden Ernst drei By-Pässe eingesetzt.

„Du hast uns ganz schön erschreckt".

Liebevoll küsste Brigitte ihren Mann.

„Wir sind froh, dass es doch noch so gut ausgegangen ist. Alle lassen dich recht herzlich grüßen."

Doktor Brehm überwies Ernst in eine Herz-Kreislaufklinik zur Rehabilitation.

Erwachend schaute Ernst sich um. Schwester Isolde betrat soeben wieder sein Zimmer.

„Schauen Sie nur, die Sonne lacht vom wolkenlosen Himmel", sprach die Schwester ihn freundlich an. „Ihre Frau kommt sicher gleich. Haben Sie nicht Lust, mit ihr an den See zu gehen?"

Brigitte hatte sich in einer nah liegenden Pension eingemietet. Eine kleine Terrasse mit einem gelben Liegestuhl und einem bunten Sonnenschirm luden zum gemütlichen Verweilen ein. Eine Vielfalt von Blumen, rote Rosen, blaue Clematis und weiße Lilien umrahmten den Sitzplatz. Bunte Schmetterlinge wiegten sich auf den Lilien und drollige Spatzen versuchten ein paar Brotkrumen, die Brigitte ihnen zuwarf, aufzupicken.

Doch nun wurde es Zeit für ihren Spaziergang zu Ernst. Heute hatte er keine Anwendungen und so beschlossen sie, zum See zu gehen. Die Wellen brachen sich schäumend am Ufer. Einige Kinder versuchten flache Steine über den See hopsen zu lassen. Vom Strand Café beobachteten sie eine Übung der Deutschen Lebens Rettungs-Gesellschaft, an der auch die Wasserpolizei beteiligt war.

„Schau", sagte Brigitte, „diese Übungen retten vielen Menschen das Leben."

„Ja", erwiderte Ernst leise, „ich habe es ja selbst erlebt. Dass mir so schnell geholfen werden konnte, dafür bin ich sehr dankbar."

Sie hielten sich an den Händen, jeder war mit seinen eigenen Gedanken beschäftigt, doch glücklich, alles so gut überstanden zu haben.

Doktor Braun verordnete Ernst Atemgymnastik, Ergometer, kleine Bewegungsübungen. Nach diesen Übungen schlief er meistens tief und fest. Er erholte sich zusehends.

Eine Woche später fuhren Brigitte und Ernst mit dem Bus in das nah gelegene kleine, bezaubernde Städtchen Radolfzell.

Bischoff Radolf von Verona legte 926 n.Ch. den Grundstein mit dem Gotteshaus „Radolf Zelle". Das gotische Münster „Unserer Lieben Frau" erhebt sich heute an dieser Stelle. Kleine alte Fischerhäuser aus dem 18. Jahrhundert und sehenswerte historische Bauten umgeben heute das Münster. Eine blühende Insel ist der Stadtgraben, einst von Wasser durchflutet. Aus der Ferne grüßt der Säntis, als höchster Aussichtsberg.

Ernst und Brigitte hatten ihre Liebe für Radolfzell entdeckt. So fuhren sie oft in die Stadt. Sie bummelten über den Bauernmarkt; ein quirliges Zusammenspiel von Farben, Gerüchen und Geräuschen erwartete sie. Hier wurde mit allen Sinnen geflirtet. Sonnengereiftes Obst, süße Beeren, knackige Salate und duftende Kräuter, soweit das Auge reichte. Nicht zu vergessen: Der fangfrische Fisch, der würzige Speck und das noch warme Holzofenbrot luden zum Vespern ein. Kleine Modeboutiquen warben mit der neuesten Mode. Blumen dufteten beim Vorbeiflanieren.

Eines Tages fuhren sie mit der Fähre von Radolfzell auf die Insel Reichenau. Weißgraue Möwen begleiteten das Schiff. Enten und Schwäne schwebten malerisch auf dem Wasser. Da, eine Steinfigur, ein Schwimmer, setzte zu einem Sprung in die See an.

Vom Strand Café konnten sie Segler und Surfer beobachten. Majestätisch glitten die Yachten an ihnen vorüber.

Es gab so viel zu erleben, dazu die frische Seeluft, der Sonnenschein, da blieb der Heilerfolg nicht aus.

Viel zu schnell mussten sie sich von Doktor Braun und Schwester Isolde verabschieden.

Es würde noch einige Zeit verstreichen, bis die Wunde endgültig verheilt, der Schrecken des sechzigsten Geburtstags verblassen würde.

Dankbar blickten Brigitte und Ernst auf der Heimfahrt noch einmal zurück, auf die Klinik, die See, zurück auf dieses friedliche Stückchen Erde.

Das schönste Vorweihnachtsgeschenk

Hermine Winter lebte allein in ihrer drei Zimmerwohnung in einem Hochhaus.

Sie war fünfundfünfzig Jahre alt. Ihr schwarzes Haar durchzogen ein paar silberne Strähnen. Doch wer in ihre liebevollen braunen Augen schaute, war gleich verzaubert.

Hermine hatte ihren Mann schon in jungen Jahren verloren. Er war ihre große und einzige Liebe.

Kinder hatten sie nicht und ihre Familie war weit verstreut.

Ihr Geschäft lag im Erdgeschoss in einer Ladenzeile des Hochhauses. Hermine war mit Leib und Seele Floristin. Immer wieder gelangen ihr neue Kreationen. Ihre Adventsgestecke dekorierte sie mit viel Liebe. Sie erntete viel Lob von ihren Kundinnen, und die schauten, so oft sie vorbeikamen zu ihr herein.

„Frau Maier, was darf es denn heute sein?", sprach Hermine die ältere Dame an, die gerade zur Tür herein kam.

„Ich benötige für meinen kleinen runden Tisch ein Adventsgesteck", erwiderte Frau Maier.

„Hier habe ich etwas sehr Schönes."

Auf einer Holzscheibe stand eine rote Kerze und das Tannengrün darum war mit kleinen, goldenen Kugeln und Sternen verziert.

„Ja, das nehme ich. Sie haben immer so schönen Ideen", lobte Frau Maier.

„Am Sonntag kommen meine Kinder, da möchte ich es etwas Vorweihnachtlich haben. Plätzchen habe ich schon gebacken."

Hermine packte das Gesteck sehr sorgsam ein.

„Einen schönen Advent wünsche ich Ihnen", und Frau Maier trat wieder auf den Marktplatz hinaus.

Abends, allein in ihrer schön geschmückten Wohnung dachte Hermine an Frau Maier und lächelte schmerzvoll. Den ganzen Tag bekam Hermine Komplimente, doch abends war sie allein und sehnte sich nach einem Menschen, der zu ihr gehörte.

Am anderen Morgen kam Frau Maier wieder in das Blumengeschäft.

„Ich möchte Sie gerne für heute Nachmittag zu einem Adventskaffee einladen", sprach sie herzlich. „Ich weiß, dass Sie ganz allein sind, und ich bin es auch. Ich würde mich freuen."

Hermine war zunächst einmal sprachlos.

„Ja, ich komme gerne", erwiderte sie lächelnd.

So entstand eine neue herzliche Freundschaft und Hermine war nicht mehr allein.

Gerade jetzt zur Vorweihnachtszeit.

Die wundersame Wandlung eines alten, geizigen Mannes

Manfred Kummer lebte mit seiner Frau Therese in einem kleinen Häuschen am Rande der Stadt.

Vor einem halben Jahr wurde der ehemalige Stadtamtmann in den Ruhestand versetzt. Seit dieser Zeit nörgelte er ständig und rügte auch immer seine Frau Therese. Ob berechtigt oder nicht.

„Mach das Licht aus, verbrauche nicht so viel Wasser und wieso schon wieder frische Blumen?"

So ging das den lieben langen Tag.

Vor Kummer über ihren alten geizigen Mann, aß Theres immer weniger und wurde dünner und dünner. Ihr Mann Manfred merkte es nicht einmal. Er freute sich, dass sie nicht so viel Geld für Lebensmittel ausgab.

Doch eines Tages war Therese so geschwächt, dass sie nur noch im Bett liegen konnte, doch Manfred schimpfte noch immer weiter. Therese war mittlerweile so geschwächt, dass sie ihn bat, den Doktor zu holen.

Der Arzt erschrak, als er Therese sah. Aufgebracht rief er: „Deine Frau bracht eine stärkende Suppe und Medikamente."

„Was das nur kostet", jammerte Manfred.

Da schrie der Arzt ihn an: „Deine Frau hat nur noch wenige Tage zu leben, wenn sie nicht gleich behandelt wird. Ich nehme sie mit ins Krankenhaus. Bete zu Gott, dass sie überlebt!"

Er forderte sogleich einen Krankenwagen an und fort war Therese. Manfred schaute sich in seinem jetzt so stillen Haus um. Theres fehlte ihm schon jetzt. Er fuhr ins Krankenhaus.

„Bitte verzeih mir", bat er reumütig. „Werde bitte ganz schnell gesund. Ich werde nie wieder geizig sein. Du fehlst mir, denn ich liebe Dich doch noch immer."

Durch das Geständnis ihres Mannes wurde Theres schnell wieder gesund. Manfred holte sie überglücklich nach Hause.

Auf dem kleinen, runden Tisch standen frische Blumen, - rote Rosen -.

Aus dem alten, geizigen Mann wurde wieder ein liebevoller Ehemann.

Eine Erlebniswelt öffnet sich…

und wer Lust hat, der kommt einfach mit…

Strahlend blauer Himmel. Der Tag versprach heiß zu werden.

Frohgelaunt starteten verteilt in drei Autos, dreizehn Personen, zwölf Damen und ein Herr. Die Zahl dreizehn hatte auf die gute Laune keinen Einfluss. Im Gegenteil.

Zunächst ging es Richtung Autobahn. Bad Friedrichshall im schönen Neckartal war das erste Ziel. Natürlich wurde zunächst am Ziel gefrühstückt.

Himmel was hatten sich die Damen alles einfallen lassen. Brezeln, Selbstgebackenes in Hülle und Fülle, dazu natürlich Kaffee und Sprudel, selbst der Sekt fehlte nicht, war er doch gut für den Kreislauf.

Der erste württembergische König Friedrich I, ließ 1812 – 1816 erfolgreich nach Salz bohren. 1818 ging die erste Saline in Betrieb und wurde von seinem Sohne Wilhelm I. „Friedrichshall" genannt. Jagstfeld war früher ein bekanntes Solbad und da es zu „Friedrichshall" gehörte, wurde das „Bad" einfach eingefügt.

Gestärkt tauchten alle nach nur 30 Sekunden Fahrt mit einem Förderkorb in den Bauch der Erde ein, um einen der größten Schätze, der aus der Tiefe kam, zu besichtigen

S A L Z

In rund 180 Metern Tiefe erschloss sich dem Besucher die faszinierende Welt des „Weißen Goldes"

An einst realen Salz-Abbaustätten erlebten die Gäste des Besucherbergwerks in gewaltigen, unterirdischen Kammern die vielfältige Geschichte des Salzes, und die sich im Lauf der Jahrzehnte wechselnden Abbautechniken und beeindruckenden Lichtinzenierungen. Durch interessante Filme und moderne Präsentation wurden die Besucher in die Salzentstehung eingeführt. Beeindruckend waren die Lichtinstallationen, eine Lasershow und der grandiose Kuppelsaal mit seinen Reliefs im Salz.

Wieder am Licht des Tages angekommen ging es weiter am Neckar entlang. Die Sonne meinte es gut, denn es wurde immer heißer. Das nächste Ziel war die „Burg des Ritters Götz von Berlichingen", die „Götzenburg Hornberg."

Gegen Ende des 14. Jahrhunderts erwarben die Berlichingen die Burg in Jagsthausen von den Begründern, den von „Husen". Die Burg wurde nach Errichtung weiterer Herrensitze auch als „Altes Schloss" bzw. in Anlehnung an Goethes dort seit 1950 aufgeführten Dramas, als „Götzenburg" bezeichnet. Von 1876 bis 1878 kam es zur größten Umgestaltung der Burg Jagsthausen in historischem Stil nach den Plänen des Ulmer Münsterbauers August von Beyer. Seit 1950 wird alljährlich zwischen Juni und August im Hof der Götzenburg Goethes Drama auf einer Freilichtbühne aufgeführt.

Hier also an historischer Stätte labten wir uns an Kaffee und Kuchen, Eis oder Eiskaffee, oder auch an etwas Handfesterem. Auch an einer Weinprobe konnten wir teilnehmen. Natürlich wurden einige dieser edlen Tropfen als „Mitbringsel" heimgenommen.

Als „Highlight" kam die nächste Überraschung – eine Falknerei.

100 Greifvögel aus vier Kontinenten – Taggreifvögel wie Bussarde, Falken, Adler, Geier und Nachtgreifvögel wie Eulen, Käuze und Uhus beherbergte die Falknerei und wir kam aus dem Staunen nicht mehr heraus. Die Greifvögel sind auf Sprengel und Juhlen mit Schutzhäuschen sowie modernen Zuchtgehegen, die nach den Bedürfnissen, neuesten wissenschaftlichen Erkenntnissen und vor allem zum Wohle der Tiere gebaut und eingerichtet worden – untergebracht.

Bei den hochinteressanten Flugvorführungen konnten wir verschieden Greif Vogelarten bei Bereite Übungen, Kombinations- und rasanten Jadtflügen sehen. Die Flugvorführungen krönten verschiedene Geierarten mit Spannweiten von nahezu drei Metern. Bei optimaler Thermik ziehen die Geier Kreise in ca. 2000 Metern Höhe.

Danach fuhren wir wieder zurück. Bei einem gemütlichen Ausklang ließen wir den sehr erlebnisreichen Tag Revue passieren.

Ich warte auf Dich

Als ich in unsere kleine Straße einbog, war Theo noch nicht da. Kein silberner Geländewagen stand in der Einfahrt. Genervt fuhr ich die letzten Meter bis zu unserem Abstellplatz und stellte meinen Wagen dort ab. Ich schloss die Haustür auf. Was war nur heute los? Er war doch sonst so zuverlässig und nun das.

Notgedrungen brachte ich unsere zwei Kinder zu meiner Mutter. Einen Apfel stibitzte ich noch aus dem Obstkorb. Das musste für den Moment genügen, denn es stand mir noch ein Abendessen mit Geschäftsfreunden meines Mannes bevor. Ich sollte repräsentieren, schön sein. Immer mehr wurde ich in diese Rolle gedrängt.

Als ich Theo kennengelernt hatte – während unseres Studiums – legte er keinen Wert auf gesellschaftliche Zwänge aller Art. Doch mehr und mehr schienen sie ihn jetzt auf einen langweiligen Geschäftsmann zu reduzieren. Er hatte immer weniger Zeit für seine Familie. Wenn Theo nicht bald kommen würde, kämen wir zu spät, denn der Tisch war für sieben Uhr bestellt.

Langsam begann ich mir Sorgen zu machen. War etwas passiert? Hatte es vielleicht einen Unfall gegeben? Ich wählte Theos Geschäftsnummer.

Im Büro sagte mir Markus, sein Assistent: „Dein Mann? Nein, der ist schon vor einer Stunde gegangen."

Mein Herz schlug schneller. Die Fahrt nach Hause dauerte normalerweise zwanzig Minuten.

„Maria, ist alles in Ordnung mit Dir?", fragte Markus.

„Klar", sagte ich und legte auf.

Auf seinem Handy antwortete nur die Mailbox. Es half nichts, ich musste warten. Seufzend ging ich ins Schlafzimmer, um mich umzuziehen. Ich zog Pullover und Jeans aus, ebenfalls den sportlichen

BH und den Baumwollslip. Ein Lichtstrahl fiel durchs Fenster. Ich setzte mich aufs Bett, lehnte mich zurück und fing an zu träumen. Unsanft wurde ich aus meinen Träumen gerissen. Ein Auto fuhr mit aufheulendem Motor an unserem Haus vorbei.

Mein neues Kleid, himmelblau, figurbetont geschnitten mit einem zauberhaften Dekolleté. Als Theo mich darin gesehen hatte; dieses Funkeln in seinen Augen hatte ich schon so lange vermisst. Er hatte mich umfasst und aufs Bett gehoben, eine Brust umfasst und begonnen mich zu streicheln.

„Du bist so schön", sagte er.

In diesem Moment klingelte sein Handy. Der Augenblick verflog, die Arbeit rief.

Ich würde dieses Kleid heute nicht anziehen, es nicht den begehrlichen Blicken seines Geschäftspartners aussetzten. Ich wählte einen Hosenanzug in dunkelblau. Sachlich, nüchtern. Mit hochhackigen Pumps, goldenen Ohrringen, etwas Makeup. Noch einige Striche mit der silbernen Bürste durch mein langes kastanienbraunes Haar. Das musste reichen.

Zurück im Wohnzimmer blinkte der Laptop. Eine neue E-Mail. Mit einigen schnellen Mausklicks hatte ich die E-Mail geöffnet. Und wusste genau, warum mein Mann nicht kam.

„Komm heute Abend in unser Gütle – ich warte auf Dich."

Ich konnte es nicht glauben. Weil Theo so oft spät abends noch arbeiten musste, teilten wir uns diese sinnliche Form der Kommunikation. Endlich konnte ich lachen. Ich zog die Pumps aus, schloss die Haustür und fuhr schnell vom Hof. Bald hatte ich mein Ziel erreicht. Schemenhaft sah ich sein Auto. Er lag auf einer Wolldecke, den Kopf zurück gelehnt schaute er in den Himmel und genoss die letzten Strahlen der herbstlichen Sonne. Sein schwarzes Haar, an den Schläfen schon grau, schimmerte im abendlichen Licht.

Ich kniete mich neben ihn, strich über seine warme Haut. Wortlos umfasste er mich mit seinen kräftigen Armen. Wie schön war es, diese wohlbekannten, so lange vermissten Hände auf meinem Körper zu spüren! Den heißen, begehrlichen Atem, als er mich küsste.

„Schon, dass Du gekommen bist", sagte er. „Ich hatte schon befürchtet, du würdest Deine E-Mail nicht lesen."

„Wieso hast Du Dein Handy ausgeschaltet? Ich hatte mir schon Sorgen gemacht."

Er lachte, verschloss meinen Mund mit einem weiteren Kuss. Dieses Mal würden wir ungestört sein.

Ihre Hochzeit – bald würde es soweit sein

Die Sonnenstrahlen kitzelten Sabrina wach. Sie blinzelte, streckte sich und dachte: „ Herrrrrlich, Wochenende."

Sabrina zog den Vorhang weit auf, öffnete die Tür ihres kleinen Balkons, trat hinaus. Sonne pur. Wo sie auch hinschaute. Strahlend blauer Himmel. Kein einziges Wölkchen war zu sehen.

Sabrina und Nick wohnten in der Großstadt im neunzehnten Stock eines Hochhauses. Beide waren sie die ganze Woche sehr eingespannt. Sabrina arbeitete bei einer Versicherung. Nick als Ingenieur. So nutzten sie jede freie Minute, um am Wochenende aus der Stadt heraus zu kommen. Vom Balkon konnten sie die Berge sehen, die Gipfel noch Schnee bedeckt. Die Wiesen schimmerten jedoch schon in voller Blüte.

Spontan rief Sabrina: „Nick, aufstehen! Wir fahren in die Berge."

Schlaftrunken öffnete Nick die Augen, da blendete ihn auch schon die Sonne. Mit beiden Beinen sprang er aus dem Bett, trat zu Sabrina auf den Balkon. Den schönen Sommertag wurden sie nicht in der Stadt verbringen, das stand für beide fest. Schnell füllten sie den Picknickkorb mit allerlei Leckereien.

Schon fuhr Nick das gelbe Cabrio aus der Tiefgarage. Lauthals sang er den Text mit, der aus dem Radio erklang. Lachend stieg Sabrina ein und strahlte ihn zärtlich an. Ihr langer bunter Schal flatterte, ihr blondes Haar wehte ihr ins Gesicht. Sie waren glücklich, der Hektik der Stadt zu entfliehen.

Eine halbe Stunde benötigten sie für die Fahrt, denn außer ihnen schienen alle Menschen der Stadt entfliehen zu wollen. Ihren Wagen parkten sie unten am Berg. Schnell noch Decke und Korb. Nach einer kurzen Strecke mit der Seilbahn waren sie am Ziel.

Fröhlich plaudernd richteten sie sich für den Tag ein. Auch ein kleiner See, indem sich die Sonne spiegelte, befand sich ganz in der Nähe. Auf der Wiese blühten viele verschiedene Blumen. Margeriten, Butter-, Mohn- und Kornblumen. Sabrina beobachtete die Bienen und Schmetterlinge, wie sie von Blüte zu Blüte flogen. Ein Reh äste friedlich ein paar Meter weiter am nahen Waldrand und ein Hase hoppelte dicht an ihnen vorbei. Käfer und Ameisen krabbelten über ihre Beine, hatten es sehr eilig, und weckten Nick, weil sie ihn kitzelten. Ab und zu kamen ein paar Wanderer vorbei. Sie grüßten, gingen nach einigen launigen Worten weiter.

Ihre Hochzeit! Bald war es soweit!

Ihre Gespräche drehten sich um diesen Tag. Sie konnten es kaum erwarten. Es musste noch so viel vorbereitet werden. Die Gästeliste, die Einladungskarten waren noch nicht verschickt. Hatten sie auch niemanden vergessen? Das Hochzeitskleid, die Kleider der Brautjungfern, das Schmücken der Kirche, des Saales….und, und

„Ich glaube, wir können wieder einiges von der Liste streichen", sagte Sabrina später und seufzte leise.

„Ich habe nicht gewusst, an was man alles denken und was man beachten muss", erklärte auch Nick. „Am liebsten würde ich mit Dir allein irgendwo in einem kleinen Ort heiraten."

„Das können wir gerne machen", schmunzelte Sabrina, „doch kirchlich will ich auf jeden Fall heiraten. Was wohl unsere Eltern davon halten würden?"

„Die warten doch nur sehnlichst auf Enkelkinder", lachte Nick.

Ja, viele Kinder wünschten sie sich, denn sie waren beide Einzelkinder. Schnell holten sie eine weißblaue Tischdecke aus ihrem Korb, denn sie waren hungrig. Einige Leckereien, ein Glas Wein. Sabrina und Nick genossen das traute Beisammen sein. Doch auch der schönste Sommertag ging einmal zu Ende. Zögernd fuhren sie zurück in die

Stadt. Es war schon dunkel, doch die Innenstadt war noch taghell erleuchtet.

Sabrina und Nick fuhren zu „ihrem Tanzcafé", um den Tag langsam ausklingen zu lassen. Bei leiser Musik tanzten sie selbstvergessen einen langsamen Walzer, schauten sich verliebt in die Augen. Um Mitternacht standen sie auf ihrem kleinen Balkon.

Eine Sternschnuppe fiel vom Himmel.

„Wünsch Dir ganz schnell etwas", sagten beide gleichzeitig und wünschten sich in Gedanken noch viele dieser schönen Sommertage.

Ein unheimlich düsterer Tag

Heute war mein Ziel unser Hausberg. Alles ging heute schief und ich hatte schlechte Laune. Da half nur spazieren gehen und nachdenken. Wie war es nur zu diesem Streit gekommen und war er überhaupt nötig? Düstere Gedanken plagten mich.

Ich fuhr zunächst mit dem Auto zu dem Parkplatz am Fuße des Berges. Dann musste ich zu Fuß gehen. Langsam stieg ich bergauf, schaute ab und zu zurück auf unser Dorf. Ruhig lag es zu meinen Füßen. Die Menschen blieben alle lieber in ihren Häusern. Es würde bald dunkel werden und kalt war es auch. Der Herbst nahte. Der Wind wirbelt mit Macht die bunten Blätter durcheinander.

Ich wickelte meinen Schal fester um mich. Bereute schon meinen raschen Entschluss aus dem Haus zu gehen.

Es raschelte. Hastig und beunruhigt schaute ich mich um. Doch ich sah niemanden. Es waren wohl nur die Blätter. Weiter stieg ich den Berg hinauf, tief in Gedanken versunken. Immer wieder raschelte es hinter mir. Der Wind brauste und schüttelte die Wipfel der Tannen hin und her, wild durcheinander. Langsam wurde mir doch unheimlich.

Unvermittelt wurde es dämmrig. Ich hatte nicht auf die Uhr geschaut. Kaum sah ich noch die Hand vor Augen. Eine Taschenlampe hatte ich auch nicht dabei. Und wieder raschelte es neben mir. Als ich zur Seite schaute, neugierig und doch ängstlich, erblickte ich ein Eichhörnchen, das in den Blättern am Boden nach Nahrung suchte. Es sah prüfend zu mir hinüber, immer auf dem Sprung, und im nächsten Augenblick war es verschwunden. Erleichtert atmete ich auf.

Nun begann es auch noch zu regnen. Schnell drehte ich mich um und lief den Berg hinab zu meinem Auto.

Zu Hause erzählte ich von dem Eichhörnchen und vergaß meine düstere Stimmung.

Mitternacht! - Zwölf Uhr!
Das Neue Jahr begann

Grit Gerharts und Michael Wießler treffen sich auf einer Sylvesterparty. Im vergangenen Sommer hatten sie auf derselben Schule ihr Abitur bestanden. Gritt ging dann auf eine Universität, Michael trat als Praktikant in die elterliche Kanzlei ein.

Heute stand Michael in der kleinen lichtdurchfluteten Eingangshalle und schaute in den festlich geschmückten Saal. Freundlich lächelnd nahm Irma, die Garderobiere, ihm Mantel, Schal und Handschuhe ab. Irma betrachtete Michael verstohlen.

Eine elegante Erscheinung. Der Smoking saß wie angegossen. Seine leuchtend blauen Augen, ein seltener Kontrast zu seinem schwarzen Haar. Prüfend schaute er noch einmal in den großen Spiegel, bevor er seine Schritte langsam zum Eingang des Saales lenkte.

Sofort eilten Hermine und Gustav, die Gastgeber, auf ihn zu.

„Schön, dass Du gekommen bist", sagten beide fast gleichzeitig. Lachend hakte Hermine sich bei ihm unter.

„Komm, wir stellen Dich unseren anderen Gästen vor. Die meisten wirst Du kennen."

„Danke, ich komme schon zu recht, widmet ihr euch nur den soeben angekommenen Gästen", erwiderte Michael.

Schon schüttelten Hermine und Gustav weitere Hände.

Michael schaute sich suchend um. Einen Augenblick verweilten seine Augen auf einer schlanken Gestalt, die an der Terrassentür lehnte. Ihre Blicke überflogen die neu ankommenden Gäste. Die Kristalllüster ließen ihr blondes Haar aufleuchten. Der leichte Windhauch, der durch die geöffnete Tür hereinwehte, spielte mit einzelnen Locken, sie sich aus der Frisur herauskringelten.

Michael stutzte kurz, überlegte, dann eilte er freudestrahlend auf die junge Frau zu. Grit sah ihn kommen und ihr stockte der Atem, der Puls beschleunigte sich. Sie erkannte ihn sofort, denn er sah immer noch genauso umwerfend gut aus, wie sie ihn in Erinnerung hatte. Groß, schlank, braungebrannt und mit einem charmanten Lächeln. Seine blauen Augen blitzten sie so schalkhaft an, dass sie weiche Knie bekam und nicht wusste, wo sie hinschauen sollte, denn sie schwärmte schon im Gymnasium für ihn. Im vergangenen Jahr verloren sie sich nach dem Abitur aus den Augen.

Grit studierte an der Universität Steuer- und Betriebswirtschaft, während Michael zuerst eine dreijährige Lehre in der Sozietät seines Vaters absolvieren wollte. Diese Gedanken wirbelten ihr durch den Kopf, während sich Michael einen Weg zu ihr bahnte. Sie jedoch blieb wie angewurzelt auf der Stelle stehen.

„Grit, bist Du es wirklich? Wie schön Dich zu sehen. Bist Du alleine hier? Darf ich mich Dir anschließen?", fragte Michael.

Schmunzelnd ließ Grit alle Fragen über sich ergehen.

„Wir werden den ganzen Abend Zeit haben, alle Deine Fragen zu beantworten und aufzuklären", erwiderte sie und hoffte, er würde ihr Herzklopfen nicht bemerken.

„Ich freue mich, Dich zu sehen, und werde mich in Deiner Gesellschaft sicher wohlfühlen. Wir haben uns ja sehr viel zu erzählen. Wie ist es Dir in der Zwischenzeit ergangen? Du siehst, auch ich bin sehr neugierig", erwiderte Grit.

Endlich hatte sie sich unter Kontrolle. Sie merkte, er freute sich sehr, sie zu sehen. Bewundernd schaute er sie an.

„Du bist noch schöner geworden."

Auch Grit war schlank und groß. Ihre blonden Haare trug sie hochgesteckt. Einige Locken kringelten sich um ihren schlanken Hals, was ihr ein anmutiges Aussehen verlieh. Das schwarze, enganliegende Kleid, vorne hochgeschlossen, ließ jedoch im Rücken ein tiefes Dekolleté erkennen. Ein seitlicher langer Schlitz brachte ihre Beine vollendet zur Geltung. Ihr einziger Schmuck, lange Ohrringe mit einem Saphir, die bei jeder Bewegung im Licht der Kristalllüster funkelten.

Der Kellner bot auf einem silbernen Tablett erlesene Getränke an. Michael reichte Grit ein Glas Rotwein.

„Den trinkst Du doch so gerne. Auf einen schönen Abend", prostete Michael ihr zu.

Grit schaute ihn überrascht und gerührt an.

„Das Du Dich daran noch erinnerst!"

Beide erinnerten sich an den Abschlussball, an den gemeinsamen Abend. Als die Kapelle einen langsamen Walzer spielte, raunte Michael: „Komm, lass uns tanzen."

Grit schmiegte sich in seine Arme, die sie fest umschlangen, als wollten sie sie nie wieder loslassen. Wie erwachend schauten sie auf, als der Tanz beendet war. Berauscht vom Wein und der einschmeichelnden Musik, sahen sie sich verliebt in die Augen.

Mitternacht rückte unaufhaltsam näher. Zusammen holten sie bei Irma ihre Mäntel, um dann auf die Terrasse hinaus zu treten. Der Kellner reichte allen Gästen ein Glas Sekt. In diesem Augenblick ertönten von der nahen Kirchturmuhr die ersten, tiefen Töne. Alle Gäste zählten laut mit.

Mitternacht! Zwölf Uhr! Das neue Jahr begann!

Was würde es wohl bringen? Hermine und Gustav wünschten allen ihren Gästen ein glückliches, gesundes Jahr. Die Gläser klangen hell und von allen Seiten ertönte fröhliches Lachen.

„Ich habe mich in Dich verliebt und möchte mit Dir das neue Jahr beginnen."

Leise sprach Michael diese Worte in Grits Ohr. Grit hauchte: „Auch ich liebe Dich, liebte Dich schon während unserer Schulzeit."

Mit einem innigen Kuss besiegelten sie ihre Liebe. Eng aneinander geschmiegt, verfolgten sie das farbenprächtige Feuerwerk, das überdimensionale Blumen an den Nachthimmel zauberte, begleitet von den bewundernden Ausrufen der Gäste.

Fantasy

Das Geheimnis des alten Hauses

Es war eine düstere Novembernacht und ich war allein im Haus. Der Hund hatte schon ein paar Mal angeschlagen, als er gegen Mitternacht endlich Ruhe gab. Ich wälzte mich noch eine Weile hin und her, hörte das alte Haus ächzen und knarren und war gerade eingeschlafen, als ich spürte, dass es ganz hell im Zimmer wurde. Der Himmel hatte die Wolkendecke aufgerissen und groß und majestätisch erstrahlte der Mond. Leicht bewegte sich die Gardine im Wind.

Ich öffnete die Augen und sah eine junge, schöne Frau mit goldblonden, langen Haaren im weißen, wallenden Gewand. Sie bewegte sich anmutig auf mein Bett zu und sang leise:

„Schlaf, Kindlein Schlaf!"

Wachte oder träumte ich? Das alte Haus schien den Atem anzuhalten. Auch der Hund meldete sich nicht mehr. Es war, als sei alles in einen tiefen Schlaf gefallen. Das gleißende Licht schmerzte und ich schloss die Augen, um sie beunruhigt sogleich wieder aufzureißen. Was war geschehen? Wer war diese wunderschöne Frau mit den tieftraurigen Augen? Ich wusste, dieses alte Haus hatte seine eigene Geschichte. Allerlei Sagen und Märchen rankten sich um dieses Cottage.

Ich wollte nur eins – ausspannen. Drei Wochen lang. Mir hatten gerade dieser Ort und dieses Haus gefallen, sodass ich es spontan gemietet hatte. Mein Hund Otto, ein Terrier, war mein einziger Begleiter. Wir unternahmen lange Wanderungen am Meer. Abends fiel ich todmüde und erschöpft ins Bett.

Die Menschen in diesem kleine Dorf wisperten hinter meinem Rücken und die Bäckersfrau sagte zu mir: „Wie können Sie nur in diesem Haus

Urlaub machen? Wissen Sie denn nicht, dass da die weiße Frau herumgeistert?"

Der Kaufmann stellte meine bestellten Lebensmittel an die Haustür, um sich dann auf schnellstem Wege zu entfernen.

Ich war eine junge, aufgeklärte Frau. Dass mit die unglückliche Frau in Form eines Geistes einmal begegnen würde, konnte ich einfach nicht glauben.

Und heute, heute wachte ich auf und sah sie, von der so viele Geschichten erzählt wurden. Im Dorf erzählte man sich, man nahm ihr das Liebste, ihr Kind!

Im Schein des Vollmonds sah ich, wie sie suchend im Zimmer umher ging, um nach ihrem Sohn zu suchen. Leise summte sie ein Lied, ein Kinderlied. Was musste man ihr angetan haben, dass sie keine Ruhe fand? Jeder im Dorf wusste um diese Liebesgeschichte. Noch heute, nach langen Jahren, erinnerten sich die alten Leute und sprachen von Alexandra und Dimitrije.

Alles hatte so gut angefangen. Alexandra verliebte sich in den jungen, feschen Offizier. Auf einem Ball waren sie sich begegnet und es war Liebe auf den ersten Blick. Den ganzen Abend waren sie unzertrennlich. Ihre Beziehung wurde immer inniger.

Dimitrije, verheiratet, und doch richtete er Alexandra eine Stadtwohnung ein. Er verwöhnte sie mit ausgewählt schönen Kleidern und edlem Schmuck. Überall waren sie ein gern gesehenes Paar. Sie grazil, schwarzhaarig mit hellblauen Augen, die neugierig in die Welt schauten.

Wenn er in seiner schmucken Uniform einen Raum betrat, schlugen alle Frauenherzen höher. Das Glück strahlte nur so aus ihrer beiden Augen. Keiner dachte an die einsame, kränkliche Frau des Offiziers, die nicht zu existieren schien und doch würde er sich niemals von ihr trennen.

So vergingen viele Jahre. Alexandra gewöhnte sich daran, dass Dimitrije nicht immer bei ihr sein würden. Sie lebte im Luxus, hatte ihren eigenen Freundeskreis. Manchmal wurde sie beneidet, doch durch ihr freundliches Wesen nahm sie jeden für sich ein. Jedes Jahr fuhren Alexandra und Dimitrije für einige Wochen in dieses alte Haus am Meer.

So auch in jenem Jahr. Sie verlebten einen herrlichen Urlaub. Die Sonne schien heiß vom wolkenlosen Himmel. Hier waren sie eins, nur er und sie. Sie lagen auf dem Bett und schauten aufs Meer. Hohe Wellen brachen sich an den Felsen. Weit, weit am Horizont, wo es schien, dass der Himmel ins Meer gleiten würde, konnten sie einen Dampfer erkennen.

„Schade, dass wir nur noch ein paar Tage für uns haben", bemerkte Dimitrije. „Ich muss zurück zu meinem Regiment."

Liebevoll betrachtete er Alexandra. Sie lächelte zurück und sprach: „Wir sehen uns doch bald wieder. Die Übung dauert nicht so lange. Du wirst mir sehr fehlen. Küss mich noch einmal."

Sie brauchte die Bitte nicht zu wiederholen.

Zu Hause angekommen bemerkte Alexandra eines Tages, dass sie schwanger war. Entsetzt überlegte sie: „Soll ich das Kind abtreiben lassen? Was soll ich mit einem Kind? Wird Dimitrije mich verlassen, wenn er es erfährt?"

So verschwieg Alexandra zunächst, dass sie ein Kind erwartete. Lange konnte sie es jedoch nicht verbergen und Dimitrij bemerkte ihre Schwangerschaft. Er war überglücklich. Seine Frau konnte ihm keine Kinder schenken und er wünschte sich nichts mehr, als einen Sohn.

Sehr behutsam ging er mit Alexandra um und überschüttete sie mit Geschenken und verwöhnte sie noch mehr. Als Alexandra sah, wie glücklich Dimitrije war, begann sie, sich auf ein Leben mit ihrem Kind einzurichten, denn Dimitrije würde seine Frau nie verlassen. Sie richtete liebevoll das Kinderzimmer ein. Als sich ihr Kind das erste Mal bewegte, war ihr Glück vollkommen und sie war sicher, dass sie niemals dazu fähig gewesen wäre, eine Abtreibung vornehmen zu lassen. Die Schwangerschaft ließ sie noch strahlender erscheinen. Sie war Dimitrije noch nie so schön erschienen und er betete sie an. Jede freie Minute verbrachte er bei Alexandra und sie sprachen von nichts anderem als von ihrem Sohn. Da waren beide sich einig, es konnte nur ein Sohn sein.

So vergingen wieder ein paar Monate voll des Glücks. Die Stunde der Geburt rückte immer näher. Dimitrije meldete Alexandra in einer Privatklinik am Rande der Stadt an. Mitten in einem großen, weitläufigen Park stand die Klinik. Hortensienbüsche säumten den Weg zum Eingang.

Doktor Freudemann begrüßte Alexandra zuvorkommend und zeigte ihr das Zimmer mit einem herrlichen Blick in den Garten. Dimitrije erfüllte Alexandra jeden Wunsch. Ihr Zimmer sah schon vor der Geburt wie eine Blumenhandlung aus. Kostbare langstielige rote Rosen verbreiteten ihren Duft, sodass Alexandra mitunter die Terrassentür öffnen musste.

Von den Ärzten und Schwestern wurde sie auf Händen getragen. Eingebettet in so viel Liebe gebar sie einen gesunden Sohn. Sie hörte im Nebel der Narkose den ersten Schrei ihres Kindes, ihres Sohnes und schlief glücklich ein. Alle Schmerzen der Geburt waren vergessen. Nach einem langen, traumlosen Schlaf erwachte sie erfrischt auf und bat: „Bringt mir bitte meinen Sohn."

Die Schwester, die an ihrem Bett saß schwieg verunsichert und rief den Arzt. Doktor Freudemann eilte zu Alexandra, um ihr tief bekümmert mitzuteilen:

„Ich habe keine gute Nachricht. Bitte erschrecken Sie nicht. Sie hatten eine Fehlgeburt. Ihr Sohn ist leider bei der schweren Geburt gestorben."

Er schaute Alexandra bei dieser Aussage nicht an, so als hätte er etwas zu verbergen.

Alexandra schrie auf: „Das ist nicht wahr, ich habe doch den ersten Schrei meines Sohnes gehört. Bitte gebt mir mein Kind."

Der Arzt gab der Schwester einen Wink und diese holte ein Bündel herein. Ohne ein Wort legte sie das leblose Wesen auf Alexandras Bettdecke.

Ein Aufschrei, ein Wimmern und dann leise vor sich hin schluchzend verkroch sich Alexandra in sich selbst und hörte und sah nichts mehr. So entging ihr auch der Blick des Doktors zu der Schwester. Doktor Freudemann tröstete sie:

„Sie können noch viele Kinder bekommen, Sie sind ja noch so jung."

Aber jedes Wort war Verschwendung.

Alexandra hörte einfach nicht hin. Sie spürte, ihr Kind war nicht tot. Aber warum durfte sie es nicht sehen? Was war geschehen? Warum gab ihr der Arzt Beruhigungsspritzen? Damit sie über den Verlust hinweg kommen sollte? Sie war zu müde und konnte nicht klar denken. Warum besuchte Dimitrije sie nicht und machte diesem Alptraum ein Ende? Immer wieder fragte sie nach ihm und ihrem Kind und immer wieder wurde sie vertröstet. Langsam nahm sie keinerlei Notiz von ihrer Umwelt, zog sich zurück und ihre Fragen wurden immer seltener. Sie lebte nur noch in einer Scheinwelt und verlor nach und nach ihren Verstand.

Dimitrijs Frau freute sich, als er seinen Sohn in ihre Arme legte. Er verschwendete keinerlei Gedanken an Alexandra, denn er hatte einen Sohn, seinen Sohn. Alexandra kam in ein Heim und lebte noch einige Jahre vor sich hin dämmernd. Sie erkannte niemanden und schrie immer wieder ihren Schmerz heraus. Dann bekam sie eine Beruhigungsspritze, um wieder in ihre Scheinwelt zu versinken.

Seit ihrem Tod geisterte sie nun in diesem alten Haus und suchte nach ihrem Kind, sang Kinderlieder. Nachdem sie eine Weile, wie ordnend, im Zimmer hin und her gegangen war, verschwand sie so lautlos, wie sie gekommen war.

Nur noch ein leises Singen verriet, dass sie im Zimmer war.

Der Mond wurde wieder von dicken Wolken verdeckt, als schäme er sich, dieses Leid sichtbar gemacht zu haben.

Es wurde wieder dunkel, doch ich konnte noch lange nicht einschlafen.

Neues aus der Krimiwelt

Sabotage auf dem Segelflugplatz

Melanie verabschiedete sich lachend on ihrer Crew. Sie war eine der wenigen Pilotinnen, die zwischen Frankfurt und Amerika hin- und herpendelte.

Nun hatte sie vierzehn Tage Urlaub, den sie in Deutschland bei ihrem Großvater auf dem Reiterhof verbringen wollte. Hier war sie aufgewachsen, denn ihre Eltern waren bei einem Autounfall gestorben.

Der Rock ließ ihre schlanken, langen Beine nur erahnen. Ihre blauen Augen blickten unternehmungslustig in die Welt. Der Wind spielte mit ihren blonden Locken, die ihr leicht gebräuntes Gesicht umrahmten. Bewundernde Blicke folgten ihr, als sie zu den Personalräumen ging.

Nachdem sie ihre Uniform gegen Jeans und einen engen, roten Pullover getauscht hatte, lief sie in das angrenzende Parkhaus. Sie warf ihr Gepäck in den kleinen Sportwagen. Das Radio spielte gerade ihr Lieblingslied und sie summte es leise mit. Auf der Landstraße kam sie zügig voran. Schnell noch einen kleinen Umweg zum Segelflugplatz, um dort ihren Jungendfreund Klaus zu begrüßen, ehe sie zu ihrem Großvater auf dessen Reiterhof fuhr. Klaus und sein Vater leiteten eine Segelflugschule im Nachbarort.

Klaus, groß und schlank freute sich, Melanie wieder zu sehen. Er war ein attraktiver Mann. Braungebrannt, mit schwarzem Haar, dass sich nie ganz bändigen ließ. Seine blauen Augen blickten sie bewundernd an. Liebevoll nahm er sie in die Arme.

„Hallo, ich freue mich, Dich zu sehen. Wie geht es Dir? Hoffentlich bleibst Du jetzt für immer hier?"

Ein kleines Fragezeichen. Sie hörte es wohl.

„Viele Fragen auf einmal", erwiderte Melanie lachend. „Du weißt doch, die Fliegerei ist mein Leben."

Geheimnisvoll lächelte sie ihn an. Schnell fuhr sie davon, nachdem sie auch Klaus Vater begrüßt hatte.

Der Großvater erwartete Melanie schon sehnsüchtig. Neben dem Kaffeegedeck lag Melanies Lieblingsrose.

Da! Endlich! Das Auto fuhr den schmalen Weg zum Haupthaus herauf. Melanie stieg aus. Sie schaute sich um. Nichts, aber auch nichts, hatte sich hier verändert. Weiße Geranien, lilafarbene Petunien und Rosen. Rosen in sämtlichen Farben säumten den Weg. Rosen, die sie so liebte, die ihren Duft verschwenderisch verströmten. Melanie wusste, hier war sie zu Hause. Weit öffnete der Großvater seine Arme und Melanie flog hinein. Sie schmiegte sich liebevoll an ihn und gab ihm einen dicken Kuss.

„Willkommen daheim, schön dass Du da bist. Hoffentlich bleibst Du jetzt für immer hier", sagte er leise.

Melanie sah die halberblühte Rose neben ihrem Gedeck, nahm sie in die Hand uns schnupperte daran.

„Das Du das nicht vergessen hast."

Zärtlich blickte sie ihren Großvater an. Sie hatten sich viel zu erzählen und der Tag verging wie im Flug.

Melanie und Klaus trafen sich täglich auf dem Segelflugplatz. Es gab nichts Schöneres für Melanie, als sich von Klaus mit dem Motorflugzeug hochziehen zu lassen. Er löste dann das Seil und sie schwebte über der Erde und konnte so den Flugplatz und den Reiterhof von oben betrachten. Ihre Heimat, die sie so liebte und wo sie jetzt bleiben wollte.

Eines Tages stand plötzlich Armin vor Melanie auf dem Flugplatz. Armin, seinetwegen hatte sie Deutschland verlassen. Sie erschrak und trat einige Schritte zurück, von ihm fort. Er wollte sie um Verzeihung bitten.

„Bitte, lass uns unseren Streit vergessen, lass uns noch einmal neu anfangen."

Armin trat auf sie zu, wollte sie in seine Arme nehmen, aber sie drehte sich weg. Sie wollte nichts mehr mit ihm zu tun haben.

„Ich will Dich nie wieder sehen", sprach sie bestimmt. Armin nahm ihren Arm, hielt sie fest. Er wollte sie zurückgewinnen, auf jeden Fall, denn sie war die einzige Erbin des großen Reiterhofs ihres Großvaters. Sie war noch schöner geworden, wie sie da mit blitzenden Augen vor ihm stand.

„Du tust mir weh, lass mich los. Ich will Dich nie wiedersehen", schrie sie Armin an.

„Das wirst Du noch bereuen!", zischte er und verschwand wutentbrannt.

Melanie konnte ihre Angst kaum noch verbergen. Zuviel Hass stand in Armins Augen.

Klaus, der diese kleine Szene aus der Ferne verfolgte, drehte sich enttäuscht um. Er dachte: „Sie sind ja immer noch ein Paar."

Nachdem sich Melanie wieder gefasst hatte, schlenderte sie zu Klaus hinüber. Der jedoch drehte ihr den Rücken zu.

„Was hast Du denn?", wollte sie wissen, doch Klaus schwieg. Melanie fuhr verstimmt davon.

Armin schlich am späten Abend um die Flugzeuge. Suchend schaute er umher. Er hatte Glück. Niemand war zu sehen. So konnte er die Benzinzufuhr stoppen und noch ein paar Liter auslaufen lassen. Dann stach er ein Loch in die Reifen des Fahrwerks. Er verschwand so lautlos und unbemerkt, wie er gekommen war. Sein Hass war grenzenlos. Er wollte Melanie nicht verlieren, nicht an Klaus.

Als Melanie am anderen Morgen auf den Flugplatz kam, zog Klaus gerade ein Segelflugzeug hoch. Sie bemerkte sofort, dass etwas nicht stimmte, nahm Funkkontakt mit ihm auf. Inzwischen stellte Klaus mit Entsetzten fest, dass die Benzinuhr blinkte. Es war kein Sprit mehr vorhanden. Die Steuerungsgeräte fielen aus. Langsam wurde ihm doch etwas mulmig.

Da vernahm er die ruhige Stimme von Melanie.

„Ich werde Dich auf die Landefläche lotsen. Hör mir einfach nur zu und vertrau mir."

Nach einigen Versuchen landete er schlingernd und wohlbehalten auf dem Flugplatz.

Melanie lief aufatmend auf ihn zu. Sie warf sich in seine Arme.

„Ich hatte schreckliche Angst um Dich", stammelte sie. „Ich liebe Dich."

„Du hast mir das Leben gerettet."

Klaus regiert zunächst fassungslos auf das Geständnis Melanies.

Leise fragte er: „Was ist mit Armin?"

„Da ist nichts, ich liebe Dich, lange schon und ich werde jetzt für immer hier und bei Dir bleiben, wenn Du willst. Einen Job werde ich hier auch bekommen. Vielleicht als Ausbilderin? Bei Dir und Deinem Vater?

Behutsam schob Klaus Melanie ein wenig von sich.

„Ich liebte Dich auch schon, bevor Du nach Amerika gegangen bist. Ich lasse Dich nie wieder gehen."

Er besiegelte sein Versprechen mit einem langen, innigen Kuss.

Melanie erzählte von Armin, der sie zurück erobern wollte und ihr gedroht hatte, das würde sie noch bereuen. Sie erstatteten Anzeige. Armin gestand sofort. Er wollte niemanden töten.

Das Urteil: zweitausend Euro Geldstrafe, außerdem wurde er verurteilt in einer Behindertenwerkstatt dreißig Tage unentgeltlich zu arbeiten.

Die Crew, die Flugschüler und die Reiter des Gutshofs, alle bildeten in ihren Uniformen ein beeindruckendes Bild. Sie standen Spalier. In den Augen von Melanies Großvater standen Freudentränen, wusste er doch jetzt, Melanie würde immer in seiner Nähe sein.

Melanie und Klaus heirateten in der kleinen Dorfkirche.

„Ich werde immer für Dich das sein", versprachen beide gleichzeitig und schauten sich verliebt in die Augen.

Kommissar Zufall?

Lothar Bauer saß an seinem Schreibtisch und träumte von seinem Sommerurlaub in den Bergen. Er war Buchhalter in einer kleinen Firma auf der Alb.

Plötzlich ein Schrei! Aufgeschreckt lief er zum Fenster und sah dass die Bank gegenüber überfallen wurde. Fünf maskierte Männer kamen gerade aus der Bank und bahnten sich rücksichtslos einen Weg durch die Menge, die sich neugierig angesammelt hatte. Ihre Waffen richteten sie drohend auf die Menschen, die entsetzt zurückwichen.

„Ein Banküberfall, kommen Sie schnell", rief er sofort das Polizeirevier an.

Polizeiobermeister Maier rief: „Banküberfall in der Karlstraße."

„Ich hole den Wagen", erwiderte Wachtmeister Müller.

Mit Blaulicht rasten sie los und waren in wenigen Minuten am Tatort. Ärgerlich schob Polizeiobermeister Maier eine Frau unsanft aus dem Weg.

„Machen Sie Platz."

Immer standen neugierige Leute unnötig im Weg. Alle schrien hysterisch und laut gestikulierend durcheinander. Man verstand kein Wort.

„Dort über den Parkplatz sind sie gelaufen, ich habe es genau gesehen", erklärte eine rundliche Frau mit vor Aufregung rotem Gesicht.

Inzwischen betraten die Beamten die Schalterhalle.

„Gut, dass sie gleich gekommen sind, doch wir wissen noch nicht, wieviel die Gangster erbeutet haben", sagte Direktor Held.

Kunden wurden befragt, doch niemand konnte den genauen Tathergang beschreiben. Sie standen alle noch unter Schock.

„Was ist mit der Videokamera?", fragte Maier. „Können wir uns die einmal anschauen?"

In der Fotodatei des Polizeicomputers waren die Gangster schnell identifiziert. Bald hingen die Steckbriefe von Ede, Kalle, Pepi, Pit und Hugo überall.

Es vergingen einige Wochen. Maier und Müller fahndeten erfolglos nach den Bankräubern. Auch ihre Kollegen entdeckten keine Spur.

„Die haben sich bestimmt ins Ausland abgesetzt. Keine einzige Banknote ist bisher aufgetaucht", sagte Maier.

Freitagabend tranken Lothar Bauer und seine Kegelbrüder noch ein Glas Bier. Plötzlich wurden sie ganz aufgeregt. Dahinten, ganz versteckt saß doch Ede, der Bankräuber? Lothar hatte sich den Steckbrief ganz genau angesehen und erkannte Ede sofort. Er stand vorsichtig um sich schauend auf und ging zum Telefon

„Polizeiobermeister Maier", tönte es aus dem Hörer.

Aufgeregt stammelte Bauer: „Ich bin hier in der Kneipe Sputnik, kommen Sie schnell, Ede der Bankräuber ist hier."

Doch inzwischen zahlte Ede und verließ die Kneipe. Es stellte sich später heraus, dass er mit einer gestohlenen Banknote gezahlte hatte.

„Warum hat man den Kerl nicht festgehalten?", fragte Maier verärgert.

Sie waren zu spät gekommen. In den nächsten Tagen wurde die Kneipe unauffällig unter die Lupe genommen, doch Ede kam nicht mehr.

Zufällig belauschte Bauer an seinem nächsten Kegelabend ein Gespräch.

„Ede hat sich in einer Hütte im Wald versteckt", so erzählte einer der Männer am hinteren Tisch gerade.

Bevor die Polizisten, die Bauer gerufen, kamen, waren die Plätze leer. Mit einer Hundestaffel und einigen Kollegen durchsuchte Maier den Wald. Sie fanden Ede schlafend in der Hütte. Widerstandslos ließ er sich abführen. Doch seine Komplizen verriet er nicht. Von den anderen fehlte weiterhin jede Spur. Vielleicht waren sie ja wirklich im Ausland. Die Fahndung wurde ausgeweitet.

Eines Morgens kam per Fax ein weiterer Hinweis. Auf einem Boot auf dem Bodensee sollte Kalle gesehen worden sein. Die Wasserpolizei wurde sofort informiert. Unauffällig kreisten sie das Boot ein, dann schlugen sie zu.

„Wie habt ihr mich gefunden, hat Ede mich verraten?", fragte er fassungslos. Doch auch bei ihm fanden die Beamten nur einen Teil der Beute.

„Wer ist euer Anführer und wo ist das restliche Geld?", wollte Polizeiobermeister Maier wissen. Doch er bekam keine Antwort. Pit, Pepi und Hugo jedoch blieben wie von Erdboden verschwunden.

Um die Mittagszeit schloss der Kassierer der Sparkasse gerade die vordere Tür. Hinter dem Auszugsdrucker hatte sich Pepi versteckt. Jetzt schnellte er hervor.

„Überfall", schrie er laut. „Alles Geld in diese Tüte", befahl er. Er wollte im Alleingang noch mehr Geld erbeuten. Ihm reichte sein Anteil nicht.

Der Kassierer schlotterte vor Angst und schob das Geld in die Tüte. Er konnte jedoch den stillen Alarm auslösen. Der Bankräuber verschloss sorgfältig die Türen vom Nebeneingang hinter sich, sodass ihn niemand verfolgen konnte. Doch genau da wartete die Polizei auf ihn und er wurde verhaftet.

„Jetzt haben wir schon drei der Bankräuber, doch es fehlten immer noch zwei."

Doch auch Pepi schwieg.

Pit und Hugo liefen nach dem Banküberfall in verschiedene Richtungen, um sich dann in der Stadt wieder zu treffen. Nun saßen sie zusammen und überlegten.

„Heute können wir uns nicht mehr auf die Straße trauen". sagte Pit. „Es wird sicher überall nach uns gesucht."

„Ich fahre aus Land auf meinen Bauernhof, da findet mich niemand", erklärte Hugo.

„Und ich verstecke mich in Österreich auf meiner Almhütte, bis Gras über die Sache gewachsen ist", erwiderte Pit.

So kam es, dass die Polizei weiterhin im Dunklen tappte. Da konnte nur ein Zufall helfen.

Lothar Bauer verfolgte aufmerksam, wie einer nach dem anderen der Bankräuber gefasst wurden.

Seinen Urlaub würde er wie immer in Österreich verbringen. Auch hier hingen überall die Steckbriefe der Gangster. Er wanderte mit seinen Kegelbrüdern von einer Hütte zur anderen. Doch die nächste Hütte war fest verrammelt. Es schien kein Licht heraus.

„Das ist aber merkwürdig. Ich glaube, wir sollten uns diese Hütte einmal genauer ansehen."

Doch sie konnten keinen Blick in die Hütte werfen. Alles war fest verriegelt.

Ein Mann kam auf die Hütte zu.

„Suchen Sie jemanden?", fragte er unfreundlich.

„Ja, den Besitzer", antwortete Bauer. „Wir wollen in der Hütte übernachten, aber sie ist fest verschlossen."

„Es ist meine Hütte. Ich wohne hier und Sie können hier nicht übernachten", erwiderte der Fremde, der sich jedoch nicht vorstellte.

„Dann wandern wir einfach weiter", sagte Bauer zu seinen Freunden.

Misstrauisch beobachtete der Fremde die Freunde.

Nachdem dieser sie nicht mehr sehen konnte, alarmierte Bauer die Österreichische Gendarmerie. Er hatte Pit, einen der Bankräuber erkannt. Inzwischen beobachteten Bauer und seine Freunde weiter den Fremden und dann konnte Pit, der sich so sicher gefühlt hatte, verhaftet werden.

Nun fehlte noch Hugo. Er lebte unerkannt auf seinem Bauernhof. Niemals warf er mit den Geldscheinen aus dem Bankraub um sich.

„Lieber lasse ich eine Weile verstreichen, die Geldscheine sind sicher nummeriert", sagte er zu sich selbst. Hugo verkaufte sein Gemüse auf dem Wochenmarkt. Dort hatte er schon seit Jahren einen Stand.

„Frisches Gemüse", rief er mit lauter Stimme. „Neue Kartoffeln, Leute kauft alles hier bei mir ein."

Lothar Bauer schlenderte mit seiner Frau über den Wochenmarkt. Er hatte noch immer Urlaub.

„Komm", sagte er zu seiner Frau Ursula, „wir kaufen heute neue Kartoffeln und dazu gibt es dann Quark."

So nahm das Unheil seinen Lauf. Lothar erkannte in dem Marktschreier, Hugo, den fünften Bankräuber. Schnell eilt er zu einem Polizisten, der gerade über den Markt ging. Er erläuterte ihm den Vorfall. Schnell wurden übers Handy die Kollegen informiert. Im Nu umringten Hugo die Polizisten und auch er wurde verhaftet.

Lothar Bauer bekam vom Polizeipräsidenten eine Urkunde und eine Belohnung.

Zu hoch gepokert?

Eilig lief Karl Hackett den Bahnsteig entlang. Sein Zug, der ihn von Hampstead nach Notting-Hill bringen sollte, fuhr in wenigen Minuten.

Nachdem er seinen kleinen schwarzen Koffer ins Netz gelegt hatte, setzte er sich aufatmend. Karl Hackett leitete ein Grafikbüro. Ein neuer Auftrag führte ihn nach Nottig-Hill.

Karl würde am kommenden Samstag siebenunddreißig Jahre alt werden. Er dachte an sein Frau Clara.

„Warum streiten wir immer wieder? Ich weiß nicht mehr, wie ich ihre Ansprüche befriedigen soll. Hatte sie vielleicht ein Verhältnis mit Paul, seinem Partner?"

„Was für eine interessante Frau", überlegte er weiter, während er sein Gegenüber betrachtete. Schwarzes Haar legte sich wie eine Kappe um ihr schmales Gesicht. Braune Augen schauten ihn freundlich an.

„Fahren Sie auch nach Nottig-Hill?", fragte er. „Übrigens mein Name ist Karl Hackett."

„Nein", erwiderte sie mit einem feinen Lächeln, „ich fahre nur bis Paddington." Ihren Namen nannte sie nicht.

Durch das monotone Singen der Räder fiel er in einen Halbschlaft. Plötzlich ging ein Ruck durch den Zug. Schrille Schreie erklangen. Die Menschen wirbelten durcheinander, kreuz und quer purzelten Taschen und Koffer. Karl wollte aufstehen, doch sofort wurde er durch das Abteil geschleudert. Sein Kopf schlug an einen Eisenarm. Er wurde bewusstlos.

Draußen war die Hölle los. Den Sanitätern bot sich an der Unglücksstelle ein grausames Bild. Sie sahen nur noch ein Durcheinander von Armen und Beinen. Es gab viele Schwerverletzte und Tote.

Nachdem er aus seiner Bewusstlosigkeit erwachte, sah er seine Mitfahrerin gekrümmt im Gang des Abteils liegen. Ihre aufgerissenen Augen verrieten, sie war tot. Ein leises Bedauern überkam ihn.

Ein Griff in die Innentasche seines Mantels

„Gott sei Dank", dachte er, die Brieftasche steckte noch. „Wo befindet sich mein Koffer?" überlegte er.

Eine irre Idee ergriff plötzlich immer mehr Besitz von ihm.

„Ich werde untertauchen. Gut, dass ich heute Morgen etwas mehr Geld abgehoben habe."

Dieser Gedanke ließ ihn nicht mehr los. An seine Frau verschwendete er keinen Gedanken. Er stieg über zerbrochene Scheiben, über heraus gerissene

Sitze auf der anderen Seite des Zuges aus. In der Stadt besorgte er sich das Nötigste, was er für die nächste Zeit gebrauchen würde. Er mietete sich in einem Motel ein. Unter Angabe des Namens seines Partners rief er auf der Polizeiwache an.

„Befindet sich unter den Verletzten oder Toten ein Karl Hackett?"

„Wir haben einen schwarzen Koffer gefunden, dem ein Herr Hackett gehörte. Von ihm jedoch fehlt noch jede Spur", erklärte der Polizist freundlich.

Clara trauerte nur kurz um ihren Mann, war er doch in ihren Augen ein Versager. Sie führte mit Paul, ihrem Geliebten, das Grafikbüro weiter.

Karl nahm eine neue Identität an. Glaubhaft beteuerte er: „Meine Papiere sind bei dem Zugunglück verloren gegangen. Ich werde mir neue ausstellen lassen müssen."

Er bekam eine Anstellung als Reporter und war dadurch ständig unterwegs.

Michael Lang, der Kommissar, der die Untersuchung des Zugunglücks bei Paddington leitete, wunderte sich über die ständigen anonymen Anrufe über einen gewissen Karl Hackett. Misstrauisch geworden, befahl er: „Ich lasse eine Fangleitung legen, denn die Anrufe kommen alle aus der gleichen Telefonzelle. Wer hat Interesse am Tod von Karl Hackett?"

Karl Hackett wurde in der Telefonzelle verhaftet. Seine Identität festgestellt und in die Untersuchungshaft eingeliefert. Bei den Untersuchungen verhedderte er sich immer wieder.

„Ich sah es als Chance für einen Neuanfang ohne meine Frau", stammelte er fassungslos.

„Sie haben zu hoch gepokert. Fast wäre es Ihnen gelungen, ein neues Leben anzufangen, die Anrufe haben Sie verraten, " so Kommissar Lang.

Karl Hackett wurde zu einer Freiheitsstrafe auf Bewährung verurteilt.

Der Lockvogel

Kriminalkommissar Manfred Börner saß nachdenklich an seinem Schreibtisch. In der Hand hielt er eine Fotografie. Sie zeigte eine junge Frau. Verwunderung konnte man in ihren Gesichtszügen erkennen. Auf dem Schreibtisch lagen verstreut einige Utensilien, die ihm vom Erkennungsdienst überbracht worden waren. Das Gutachten des Gerichtsmediziners stand noch aus.

„Wir haben eine Leiche im Gebüsch am Fluss gefunden", so der kurze Anruf der Streifenpolizei an die Mordkommission. Schnell eilten er und sein Kollege Peter zu der Unglücksstelle. Die Spurensicherung war schon bei der Arbeit. Sie hatten bereits alles abgeriegelt. Manfred zeigte seine Dienstmarke und trat zu der Toten, einer jungen Frau mit langen, blonden Haaren.

Manfred und Peter waren erst vor einigen Wochen von Hamburg nach Tübingen versetzt worden. Gegensätzlicher konnte der Wechsel nicht sein. Doch schon ermittelten sie in ihrem ersten Mordfall am neuen Standort.

Geräuschvoll öffnete sich die Tür und Manfred schreckte aus seinen Überlegungen. Peter balancierte zwei Kaffeebecher und zwei Croissant auf einem Tablett.

„Hier, Du bist ja noch gar nicht zum Frühstücken gekommen."

Dankbar blickte Manfred auf, nahm einen Schluck des heißen Kaffees und biss kräftig in seinen Croissant. Zusammen schauten sie sich die wenigen Habseligkeiten der Toten an.

„Ihre Geldbörse, verschiedene Schlüssel, Ausweis und sogar der Lippenstift sind noch vorhanden."

„Raubmord ist wohl ausgeschlossen?", fragte Peter, schaute auf den Ausweis und murmelte: „Margot Bolte hieß sie also."

„Warum musste sie wohl sterben?", sinnierte Peter weiter. „Draußen in der Dunkelheit läuft ein Mörder herum und sucht sich vielleicht ein neues Opfer", orakelte er missmutig. „Und wir müssen abwarten, was die Autopsie erbringt. Die Presse wird uns auch nicht so leicht davon kommen lassen."

Margot Bolte, so der Name der Ermordeten, war Kellnerin in einem der kleinen Cafés am Neckar. Kurz nach Feierabend, um dreiundzwanzig Uhr dreißig, als sie zu ihrem Auto ging, lauerte der Mörder auf dem Parkplatz. Er schlich sich von hinten an die junge Frau heran, warf ihr schnell und geschickt einen Schal um den Hals und zog heftig zu. Margot Bolte hatte keine Möglichkeit zum Schreien oder zum Entkommen. Dann schleifte der Mörder sie ins Gebüsch. Wahnsinnig vor sich hin kichernd, verschwand er ungesehen und unerkannt in die dunkle Nacht.

Am anderen Morgen. Auf der Titelseite der Morgenzeitung das Bild der Toten.

„Polizei tappt im Dunklen. Wer kannte die Tote? Warum musste sie sterben und wie kam sie an den Fluss?"

Ärgerlich legte Manfred die Zeitung zur Seite. Verächtlich sagte er zu Peter: „Immer dasselbe mit den Journalisten. Die Polizei ist unfähig. Mehr wissen sie nicht zu schreiben."

„Margot Bolte lebte allein in ihrer Wohnung im Hochhaus, am Rande der Stadt. Niemand kannte sie besonders gut, keiner sah sie je in Begleitung. Ihr Tod trat um dreiundzwanzig Uhr dreißig ein", erklärte Peter.

Das hatten die bisherigen Recherchen ergeben. Immer wieder gingen die beiden Kommissare die Aufzeichnung in Margot Boltes Tagebuch durch. Doch sie fanden keine Spur, die auf die Identität des Mörders hindeutete.

Die Stammgäste, die sie verhörten, konnten auch nichts zur Aufklärung beitragen. Die Kommissare fanden einfach keine Erklärung und kein Motiv.

„Frau Bolte war sehr beliebt, aber sie ließ niemanden näher an sich heran", so die Aussage ihres Chefs.

Die Zeitungsverkäufer schrien es heraus: „Die Polizei verfolgt immer noch keine heiße Spur!"

Heinz Mettler, klein, rundlich und unscheinbar, ging wie jeden Tag in das Steuerbüro, in dem er angestellt war. Er war intelligent und tüchtig. Seine Sorge galt seiner Sehkraft, er brauchte schon wieder stärkere Brillengläser. Außerdem hinkte er seit seiner Geburt, das linke Bein war verkürzt. Schon in der Schule hänselten ihn seine Mitschüler.

„Brillenschlange", so riefen sie hinter ihm her, „Hinkefuß, fang uns doch!".

Sein Leben verlief einsam. Freunde hatte er nie.

Niemand konnte es fassen, und auch ihn verwunderte es jeden Tag aufs Neue. Bettina, eine hübsche Blondine liebte ihn und zog bei ihm ein. Sie kannten sich jetzt zwei Jahre. Unzufriedenheit nistete sich bei der jungen Frau ein. Heinz und sie gingen nie aus, doch sie wollte leben, tanzen, einfach einmal heraus aus dem Alltäglichen. So verließ sie Heinz, für diesen unfassbar. Sein Hass auf Bettina und die Frauen wurde grenzenlos, denn nun glaubte er, alle würden ihn heimlich verspotten.

Achim Belser, der Kriminaloberkommissar beorderte Manfred und Peter in sein Büro. Sie waren noch keinen Schritt weitergekommen. Kein Motiv, nichts. Die Presse wurde immer lauter.

„Ich möchte bis übermorgen den Täter ermittelt und verhaftet sehen", erklärte Kriminaloberkommissar Belser den beiden unmissverständlich.

Sie gingen gemeinsam noch einmal alle Unterlagen durch. Keine brauchbaren Fingerabdrücke, keine

Fußspuren. Es war, als wenn sich der Mörder in Luft aufgelöst hätte.

In einer Seitenstraße, in der Nähe des Parkplatzes hielt sich ein Liebespärchen umfangen. Sie fühlten sich durch Passanten gestört und gingen ein paar Schritte tiefer in die dunkle Straße. Plötzlich stolperten sie über etwas Weiches. Das schwache Licht, welches von der Hauptstraße herein schien, ließ sie erschauern. Sie erblickten ein Fuß, der in einem roten Schuh steckte. Ihre Augen wanderten scheu etwas höher hinauf, genau in das Gesicht einer Frau, deren Augen weit aufgerissen waren. Ein Schrei, und sie liefen wie um ihr Leben.

„Eine Leiche", konnten sie nur noch stammeln. Ihre zitternden Finger zeigten in die dunkle Straße. Im Nu hatten sich ein paar Neugierige eingefunden. Ein Passant verständigt die Polizei, die wiederum die Mordkommission informierte.

Manfred und Peter spurteten zu ihrem Auto, stellten Blaulicht und Sirene ein und fuhren zur angegebenen Stelle. Der Raum war bereits abgesperrt und die Spurensicherung an der Arbeit. Die Freunde standen vor der Leiche einer jungen Frau.

Sie hatte lange, blonde Haare und war wie bereits erkennbar, erdrosselt worden. Wieder einmal hatte der Mörder sein Opfer gefunden, eine junge blonde Frau. Den Mörder hatte niemand gesehen.

Er konnte unerkannt in seine Wohnung gelangen. Wahnsinnig kicherte er vor sich hin.

In der Zeitung las er am anderen Morgen: „Mörder schlug wieder zu. Sind junge Blondinen in unserer Stadt besonders gefährdet? Wann gelingt es der Polizei, den Mörder zu fassen?"

Michelle, eine junge hübsche Kommissarin, mit langen blonden Locken meldete sich bei Kriminaloberkommissar Belser. Sie bot sich an, als Lockvogel zu agieren. Dieser, sowie Manfred und Peter versuchten Michelle von ihrem Plan abzubringen. Michelle konnte jedoch überzeugen.

„Wie sollen wir sonst an den Mörder herankommen? Wir müssen ihn fassen, ehe er wieder zuschlägt und noch mehr Frauen in Angst und Schrecken versetzt. In den Abendstunden hetzten schon jetzt alle Frauen schnell in ihre Wohnung."

„Sie haben ja Recht", erwiderte der Chefkommissar, „aber es ist einfach zu gefährlich."

Umfangreiche Sicherheitsvorkehrungen wurden getätigt. Michelle wurde rund um die Uhr bewacht und sie war ständig mit Manfred und Peter in Verbindung. Ein dicker Wollschal sollte sie zusätzlich schützen. Einige Tage verstrichen und es geschah nichts Ungewöhnliches.

Doch dann…

Michelle trat aus dem Café am Neckarufer. Es war genau dreiundzwanzig Uhr dreißig. Sie ging auf ihr Auto zu. Der Parkplatz lag wie immer einsam und verlassen und es war dunkel. Die wenigen Laternen spendeten kaum Licht. Plötzlich spürte sie einen leichten Windhauch und nahm aus den Augenwinkeln eine kurze Bewegung hinter sich wahr. Ihre Nackenhaare sträubten sich, sie hatte Angst. Schon legte sich ein Schal um ihren Hals. Sie schrie laut auf und wehrte den Angreifer ab. Schon wurde der Mörder herumgerissen. Manfred legte ihm Handschellen an.

„Es ist doch nicht ganz einfach, einen Lockvogel zu spielen. Auch wenn man genau weiß, wie es abläuft, hat man wahnsinnige Angst und ich bin froh, dass es vorbei ist."

Michelle massierte ihren Hals, denn trotz des dicken Schals hatte der Mörder es verstanden, seinen Schal um ihren Hals zu ziehen.

Heinz Mettler wehrte sich nicht. Er lachte nur immer wieder unkontrolliert vor sich hin. Stockend erzählte er von seiner Liebe zu Bettina und wie sie ihn immer wieder verspottet hatte. Plötzlich konnte er die Demütigungen seines ganzen Lebens nicht mehr ertragen. Er wollte sich rächen.

Sein Hass auf Blondinen verstärkte sich, sobald er eine Frau sah, die ihn an Bettina erinnerte. Bettina hatte Glück, aber zwei andere mussten sterben.

Heinz Mettler wurde in eine psychiatrische Anstalt eingewiesen. Dort würde er den Rest seines Lebens verbringen.

Anhang

Karin Goller

Ein Ziel – ein Traum – das Schreiben

Sie lebt und arbeitet im Großen Lautertal. Schon immer hatte sie den Traum vom Schreiben, ihre Gefühle auf Papier zu bannen und mit anderen Menschen zu teilen. In ihren Büchern verarbeitet sie größtenteils Geschichten, die ihre Leser zum Träumen bringen.

Flüssig geschriebene Bücher, die man gar nicht wieder zur Seite legen möchte. Man kann mit lachen, mit fühlen und mit fiebern. Es verschafft entspannte Stunden.

Mein Dank gilt meinem Mann, der mir immer den Rücken freigehalten hat, damit ich zu jeder Zeit meine Gedanken aufschreiben konnte.

Ähnlichkeiten mit lebenden Personen sind rein zufällig.

Bücher im Überblick

Julia – eine bemerkenswerte Frau

„Weg frei" für Landarzt Dr. Berger – „Hilfe, wir brauchen einen Arzt

Norbert – der Lausbub

Norbert und die Bären! Hurrah! Ferien in Canada

Canada – ich komme…eine faszinierende Reise

Wir machen´s heut mal kurz!

und….und….und…es werden weitere folgen

Autorin

Karin Goller

www.karin-goller.eu

Webdesign & Marketing

www.smartfoxenterprises.com